「僕、こんな……あ」

　こんなキスは初めてだ。

　頭の中で小さな爆発が立て続けに起きるようだった。

「悪いやつだ」

　ザイードが竹雪の舌を痛いくらい吸い上げ、
ぐっと両腕で体を抱き締めてきた。

SHY NOVELS

貴族と熱砂の皇子

遠野春日

イラスト 蓮川 愛

CONTENTS

貴族と熱砂の皇子

I

——まただ。

また顔を見合わせてしまった。

竹雪《たけゆき》はきまり悪さと不快さ、そして一抹《いちまつ》の恥ずかしさを感じ、内心の動揺を隠すために必要以上に不機嫌な表情を浮かべ、プイとそっぽを向いた。

これで三度目。

一度目はファーストクラス専用ラウンジで出発便を待っていたときだった。

二度目は機内に乗り込むために通路を歩いていく途中。背後から颯爽《さっそう》とした大股で歩いてきた彼が、竹雪の傍《かたわ》らを追い越すとき、どういうつもりかこちらを振り返っていったのだ。

そのときは単純に、同じ便だったのか、と思っただけだったのだが、三度目ともなると嫌でもなにか含みを感じてしまう。

生理現象を催《もよお》した男が後方にあるラバトリーに行くのを咎《とが》めるつもりはないが、なぜいちいち竹雪の顔を見ていくのか。

なんなんだ、いったい。僕の顔にゴミでも付いているっていうのかよ……！

男が傍らを通り過ぎていった後、竹雪は口元に指をやって確かめた。もちろん指先には何も付いてこない。

二度ならず三度も確たる理由もなしに顔を見られたら、竹雪でなくてもなんなんだいったい、と不愉快な気分になるはずだ。言いたいことがあるのならはっきり言え、と食ってかかりたくなる。どちらかといえば竹雪は短気な方だ。末っ子で甘やかされて育ったせいか、我が儘《わまま》で利《き》かん気のところがあると自覚している。すぐ喧嘩腰になるのも悪い癖だった。

男は竹雪の二つ前のシートに座っている乗客だ。

正確を期すならば、彼がはっきりと竹雪を見ているのかどうかはわからない。確かに顔は竹雪の方に向けられているのだが、濃いサングラスをかけていて目元がまったく見えないため、視線がどこに据えられているのか定かではないのだ。

長身で肩幅の広い、見事に均整の取れた体躯《たいく》をした男だった。

年の頃は二十代半ばか、もしかすると三十前くらいにまでなるのだろうか。褐色の肌は張りと艶を持ち、瑞々《みずみず》しい若さを感じさせるのだが、全身から醸《かも》し出す圧倒的で堂々とした雰囲気が、三十前後かもしれないという可能性を捨てさせない。

身に着けているスーツは一目見ただけで質の良さ、仕立ての完璧さがわかる逸品で、男がただ者でないことを強く印象づけていた。

惚れ惚れするような正統派のスーツ姿でいて、髪型は少し変わっていた。やや癖のある黒髪を胸板の半ばまで無造作に伸ばしている。首の付け根から下は適当に剃《す》いてあるので、長くても重苦しさは感じない。その髪を男はうなじのところで一括《ひとくく》りにしていた。

何をしている人だろう。

竹雪は彼の顔を見るたびに考えた。キャビン内でもサングラスをかけっぱなしにしているところや、ファーストクラスの乗客である点からして、著名な俳優か音楽家、もしくはスポーツ選手といったところが浮かぶが、竹雪が知っている範囲の誰とも結びつかなかった。

まぁべつにいいけれど。

竹雪は確かに怒りっぽいのだが、ひとつの怒りが長引くことはなく、ものの三分と経たずに忘れてしまう。男が再び竹雪の脇を通って自分のシートに歩いていく後ろ姿に気づいても、あぁ今戻っているのかと漠然と見送るだけで、つい今し方までムッとしていた気持ちをぶり返すことはない。背後から通り過ぎるだけなので顔を合わせずにすむせいもあるだろう。しかし、もし男がわざわざ首を回して竹雪を一瞥《いちべつ》していったなら、竹雪は再び新たな怒りに湧き、シートから飛び上がって彼に抗議するかもしれない。

サングラスの彼は竹雪を振り返ることなくシートに座った。

キャビンアテンダントが恭《うやうや》しく彼におしぼりを手渡すのが見える。ありがとう、と彼が魅力的な低音で礼を言うのが竹雪の耳にまで届いた。念のために少しだけ囓《かじ》ってきたアラビア語の基本的な言葉だったので、竹雪にもわかった。

ファーストクラスに座っているのは、サングラスの彼と竹雪の他には、富豪風な老齢の夫妻が一組と、いかにも重要人物然とした腹の出た男が一人の、全部で五名である。

巡航高度に達してシートベルト着用サインが消えたばかりのキャビン内は、これから六時間ほどかかる旅の始まりに相応《ふさわ》しい期待や興奮を感じさせるざわめきとは無縁で、落ち着いた雰囲気だった。あるのはこういった移動に慣れきった人たちの、日常的な反応だけだ。自宅でくつろぐような気安さでＣＡ《キャビンアテンダント》を呼び、飲み物や雑誌などを頼む。ときどき老夫婦の穏やかな話し声が聞こえるほかは、いたって静かである。たぶん、後ろのエコノミークラスとは別世界のように違うのだろう。

竹雪は小さく欠伸《あくび》をして、手にしていた機内誌を空いている隣のシートに置いた。

二重にガラスが填《は》め込まれた飛行機の窓から外を覗く。見えるのは、どこまでも青い空と綿の絨毯《じゅうたん》のような雲だけだ。

水平飛行に入ってからはほとんど揺れも感じず、空の旅は今のところ快適で順調だった。

竹雪が向かっているのは、地中海に面した中東の国、カッシナ王国である。アムステルダムでトランジットして、首都ラースに入る。

ラースでは兄夫婦が出迎えてくれる予定だ。

歳の離れた竹雪の兄は、二年前からカッシナ王国に外交官として赴任している。現在、中東一帯の情勢は安定していると言い難いのだが、その中にあってカッシナは比較的治安のよい国だ。国王が平和主義者で、非戦争宣言をして国際的に完全中立の立場を貫いている。

大学の卒業記念に一度カッシナを訪れたいと竹雪が言いだしたとき、両親が苦い顔をしながらも最終的に折れたのは、近隣国で頻発しているテロの影響がカッシナには及んでいないことに加え、兄夫婦の存在があったからだ。

たいして旅行好きでもない竹雪が、日本人ツーリストに人気の高い場所を選ばず、あえてカッシナに行こうと決めたのは、人と同じことをするのが嫌という、少々臍《へそ》曲がりな性格ゆえかもしれない。カッシナには古代文明が残した数々の遺跡が存在するが、竹雪はそういったものに興味はなかった。興味があるとすれば、映像や写真でしか知らない砂漠を、実際に自分の目で見ることくらいだろうか。

異文化に触れてみたいと思ったのは確かだ。

社会に出る前に、日本や欧米諸国とはまったく異なる価値観の世界を体験しておくのもいいかな、と思った。四月からは父の経営する貿易会社に就職することになっている。ヨーロッパやアメリカには今後いくらでも行く機会はありそうだが、中東にはよほどのことがなければ行かないだろう。そう考えて、およそ一ヶ月という長い休暇中で自由の利く今、思い切って訪れることにしたのだ。

竹雪は顔に似合わず度胸が据わっている。顔に似合わずというのは周囲の評だが、自分でも線が細くて神経質そうな顔立ちをしている自覚はあるので、反論はしない。どちらかといえば母親似なのだ。小学校低学年の頃までは、たまに女の子と間違われることもあった。

行けばきっと何か面白いことがあるだろう。

最初からこれといった目的もないので、何もなくても失望することもない。とりあえず十日くらい滞在しようと考えているが、あんまり退屈なら早めに切り上げて、いつでも帰国の途に着けばいい。

窓に額をくっつけて外を眺めながら、つらつらとそんなことを考えているうちに、CAが飲み物とおつまみのサービスをしに来た。メニューを見ると様々なアルコール類がずらりと列記されているが、あいにく竹雪はまったくと言っていいほど飲めない。ノンアルコールカクテルをオーダーした。

周囲を見回すと、他の乗客はそれぞれ好みの銘柄のワインを開けさせているようだ。

二つ前のシートに座っているサングラスの男にも、パーサーが自らワインボトルを傾けてサーブしている。

イスラム教国でも、国によって禁酒が絶対的な国とそうでもない国があることは知っていた。これから竹雪が訪れるカッシナ王国も飲酒が許されている国のひとつだ。特産のワインが醸造されており、レストランやホテルなどでごく普通に飲むことができる。それでも敬虔《けいけん》なイスラム教徒はやはり飲まないらしいので、西欧諸国のようにおおっぴらに酒場がはやっているというわけではないらしい。

彼はカッシナ人かな、と竹雪は思った。

鞣《なめ》した革《かわ》のように艶のある美しい肌はよく陽に灼《や》けた褐色だし、髪も緩くウエーブのかかった黒髪だ。サングラスをしているから瞳の感じはわからないが、鼻筋の通った彫りの深い顔立ちは男らしくセクシーで、同じ男としてコンプレックスを感じてしまう。こういう男に腰を抱かれて一言二言耳元で囁かれたら、たいていの女はその気になって身を任せるだろう。

竹雪は、男と顔を合わせるたびに妙な気恥ずかしさを覚えて動揺した自分を思い出した。あれはもしかすると、そういう女性たちが感じるであろう気持ちと似ているのかもしれない。ふとそう思い、ひとりでじわりと赤くなった。

ばかばかしい。

何を考えているんだ、と自分を窘《たしな》めて、グレープフルーツジュースのカクテルをいっきに呷《あお》る。

見ず知らずの男からこんなふうに動揺させられるはめになり、竹雪はますます彼が恨めしくなってきた。彼の方には竹雪に対してどんな含みがあるわけでもなく、ただ偶然に顔が合うだけなのかもしれないが、頭ではわかっていても感情が納得しない。

その後しばらくして、フルコース料理が用意されるファーストクラスのミールサービスが始まった。

レストランで食事をするときと同様に、アペリティフから魚料理、肉料理、と皿が替わるごとに好みのワインをそれぞれボトルでサービスされるのだが、竹雪は最初から「飲めませんから」と断ったため、一人だけノンアルコールの飲み物とミネラルウォーターで食事を終えた。普段はお酒が飲めないことを特にどうとも感じないのだが、こういうときにはなんとなく損をしている気分になる。飲めたならばもっと雰囲気を愉《たの》しめるのだろう。

周囲があまりにも美味しそうに酒を飲んでいるので、食後、試しにちょっとだけグランマルニエをもらってみた。甘くて美味しくプチガトーとして出されたチョコレートに合う、と勧められたのだが、ひと舐めしただけでさっそく顔が火照《ほて》ってきたので、諦めてグラスを置いた。

「お酒は苦手?」

口直しのコーヒーを飲んでいたところでいきなり前方から話しかけられ、竹雪は不意を衝《つ》かれて驚いた。

ひとつ前のシートの背凭《せもた》れに腕をかけ、サングラスの彼が通路に立っている。

彼の言葉は流暢な英語だった。

竹雪は背の高い彼の顔を見上げ、いったいどんな顔をすればいいのか困惑する。今度不躾《ぶしつけ》に顔を見られたら絶対に睨み返してやる、と心に決めてはいたものの、いざとなるとそうそう思い通りにはいかず、惚けたように彼の顔を見返してしまった。

「カッシナに一人で旅行？」

竹雪の戸惑った素振りに頓着せず、彼は気安い調子で質問を重ねる。

近くで向き合ってみると、彼の身に纏《まと》っているオーラは強烈だった。圧倒されて息が詰まりそうなくらい体が緊張する。

彼は警戒心と当惑、そして得体の知れない畏怖の気持ちでいっぱいの竹雪の様子がおかしかったのか、ふと口元を綻《ほころ》ばせた。

「心配しなくても俺は変な男じゃない」

そう言うなり長い指を顔に上げ、それまでずっと目を隠していたサングラスを外す。

彼の目を見た途端、竹雪は息を呑んだ。

吸い込まれる——まるで、地中海を切り取ったような青い瞳だ。意志が強そうに生き生きと輝く目でじっと見据えられると、竹雪は言葉を失い、ただ視線を縫い止められたように彼の目を見つめ返すばかりになる。

「少し話をしてもいいかな」

いちおうそうやって断りは入れつつも、竹雪の返事を待たず、彼は空いているシートに手をかけてきた。シートの上には離陸の際に竹雪が眺めていた機内誌が置きっぱなしにされていたが、彼はそれを前のシートの背にあるポケットにしまう。

すっかり彼の雰囲気に気圧《けお》されていた竹雪がはっとして気を取り直したときには、すでに彼は嫌みなほど長い足を組み、悠然とした態度で隣のシートに座っていた。

「あのっ、あなた、いったいさっきからなんなんですか」

竹雪はラウンジからずっと彼に注視されていたようなのが気のせいではなかったと確信し、声に棘《とげ》を含ませた。顔も不快な気持ちが表れて険しくなっている。

しかし、相手は少しも悪びれた様子でなく、かえって竹雪をからかうような顔で見る。

「さっきからとは?」

「なにかにつけて僕の顔を見るでしょう。すごく失礼で嫌な感じだ」

「ああ、それは申し訳なかった」

彼は微かに眉根を寄せ、まんざら口先だけで謝るのではない真摯《しんし》さを窺《うかが》わせる。

「きみのような子供が一人であのラウンジにいたので、珍しくてつい注目してしまった。気を悪くさせたのなら謝る」

「子供って……！」

竹雪はまたカチンときた。

彼の言い方だとまるで自分がティーンエイジャーのようだ。もともと童顔に見られがちで、竹雪自身それをひそかに気にしている。今でもたまに高校生と間違われることがあって、そのたびに機嫌を悪くしていた。兄が自分と同じ歳の頃にはもっと大人っぽかった記憶がある。それだけに、なぜ自分はああなれないのかと納得のいかない気持ちになるのだ。

「もしかすると、俺はまたきみの地雷を踏んだかな？」

すぐにムッとする竹雪の性格に気づいたのか、彼が再び面白そうな顔になった。普段彼の周りには、こんな具合に感情を露わにして接してくる人間はあまりいないのだろう。いかにも新鮮で興味深そうな表情をする。

「僕はあなたが思っているほど子供じゃないですよ」

竹雪はそっぽを向いたまま突慳貪《つっけんどん》に返した。了承も得ずに勝手に隣に座ってきた彼の図々しさにも腹が立つ。その上いいようにからかわれては、プライドが許さなかった。彼の雰囲気に一瞬でもたじろいだ自分自身も悔しくて、必要以上に突っ張ってしまう。とっとと自分の席に戻ってくれ、と態度で示しているつもりだ。

「きみは意外と怒りっぽいんだな」

「大きなお世話です」

「俺みたいな男は嫌い?」

「あんまり好きになれそうにないですね」

遠慮する義理もなかったので、竹雪は思った通りに答えた。顔を彼から背け、食事の間日が差してきて眩しかったためシェードを下ろしたままだった窓の方に向けた。だから、彼が竹雪の言葉を聞いてどんな表情を浮かべているのかはわからない。

「そうか。それはとても残念だ」

本気なのか冗談なのか、彼はそう答えた。声の調子からすると、本当に残念そうに聞こえたが、竹雪にはすんなりと印象通りに受けとめていいものかどうか判断がつかず、つんとして相槌《あいづち》も打たなかった。

思い切りそっけなくしているつもりだが、彼は堪《こた》えたふうでもなくさらに話しかけてくる。

「カッシナには何泊する予定?」

「……はっきりとは決めていません」

なんとなく無視しきれず、竹雪は硬い声のまま不機嫌に答えた。答えてから、なんで僕は彼と会話しているんだろうと変な気分になる。休みたいからとか、ビデオ映画が見たいからとか、いくらでも適当な理由をつけて彼を追い払ってもいいはずなのに、なぜかそうするのが憚《はばか》られる。彼の押し出しの強さに負けてしまい、こちらの意思を通しにくい雰囲気ができあがってしまっているのだ。こんなことはめったになかった。歳の差だろうか。それとも、明らかに人間としての格が違うと本能が感じるからだろうか。

「本当に一人旅?」

「向こうに兄が住んでいるんです。僕はそこを訪ねるんですけれど、なにか問題がありますか?」

しつこく一人かどうかと聞かれるのに苛々して、竹雪はつい声を荒げ、キッと彼を振り返った。

ずっと竹雪に向けられていたらしい青い目と、まともに視線がぶつかる。

竹雪はドキリとした。

胸をぎゅっと握り込まれた気がする。それくらい彼の瞳は印象的で、魂の奥底にまで入り込んでくるような強い力を持っていた。

「もちろん問題などなにもないね」

彼はうっすら笑いながら、ゆっくりと頷いた。

「あの」

膝の上で軽く拳を握り、竹雪は恥を忍んで聞いてみた。

「もしかすると、僕のことを女性だと勘違いしていますか?」

「いいや」

彼はすぐに穏やかな口調で否定する。

竹雪は耳朶《みみたぶ》から首筋まで羞恥《しゅうち》のあまり赤くした。聞きたくて聞いたわけではなく、海外ではときどき誤解されてつきまとわれた経験があったので、念のために訊ねてみただけだ。しかし、彼がさらりと否定したので、まるで竹雪自身が変な誤解をした形になったようで、心地悪い気分を味わった。

「カ、カッシナの方ですよね……？」

気まずさが竹雪に言葉を重ねさせた。早く話題を逸らしてしまおうという焦りが出たのだ。

「ああ。俺はカッシナ人だ」

彼の声にははっきりと誇りが滲んでいた。祖国を大切に思い、愛してやまない心が竹雪にも感じ取れる。

たぶん悪い人じゃないんだろうけれど。

竹雪にもそれは察された。

そのとき、キャビン内の明かりが徐々に落ちていって、まもなく暗くなった。リフレッシュメントサービスの時間まで機内はこのままの状態だ。

「さて、それじゃ俺もこれ以上きみに胡散臭《うさんくさ》がられないうちに席に戻るとするかな」

彼は座ったときの強引さに比べると拍子抜けするほど潔く立ち上がった。

あれほど早くどいてくれと願っていたにもかかわらず、いざ彼が行こうとすると竹雪は逆に引き留めたい気になった。不思議なものだ。根が天の邪鬼《あまのじゃく》にできているのかもしれない。彼といたところでこれ以上会話が弾むはずもなく、楽しい雰囲気になれそうもないのに、一瞬でも離れがたい気持ちになるなど、自分でもわけがわからない。

「よい旅を」

最後は礼儀正しく彼は竹雪にそう言ってくれた。

じっと目を見合わせて、ひどく生真面目な表情をする。

竹雪は魅入《みい》られたように彼の顔を見返した。返事がしたいのに、なぜか喉が詰まって言葉にならない。

たぶん彼はもう不躾に竹雪の顔を見ないだろう。

飛行機が着陸すれば、言葉を交わしたことも忘れ、見ず知らずの他人に戻って別れるのだ。

それは当たり前のことなのに、なぜか後ろ髪を引かれる気持ちになった。

ただの変な人だと片づけてしまうには、彼はとてつもなく存在感のある男だったのだ。

Ⅱ

ラース国際空港の到着ロビーに出ると、出迎え人がひしめく中に兄夫婦の姿があった。

成田《なりた》を発《た》っておよそ二十三時間。こんな遠距離を独りで移動したのは初めてだ。ようやく目的地に着き、馴染んだ顔を目にした竹雪《たけゆき》は、安堵で胸を撫で下ろし、ようやく本当に人心地ついた気分になった。

「いらっしゃい、竹雪さん！」

「よお。本当に来たんだな」

晴れやかな笑顔で迎えてくれた義姉《あね》に対し、八つ年上の兄は相変わらず無愛想だ。およそ二年ぶりに顔を合わせるというのに、特に懐かしがりもしなければ嬉しがりもしない。それでもメガネの奥の目には、ちゃんと竹雪を歓待する色が浮かんでいた。昔から、言葉で語らず目で語る兄なのだ。

「しかし父さんも相変わらずおまえには甘いよ。ファーストクラスの旅費をポンと出してやるんだから」

「あら、でも、長旅なんだし。来月からはいよいよ社会人としてスタートするんですもの、お義《と》父《う》さまもこれが竹雪さんの最後の臑齧《すねかじ》りだとお思いになって、できる限りのことをなさりたかったんじゃないの？」

「まったく、みんなで竹雪を猫可愛がりする」

「もう、あなたったらいつもそんなふうにばかりおっしゃって。実はそういうあなたが一番竹雪さんを可愛がっているくせに」

義姉にやんわりとやり込められた兄は憮然として口を結ぶ。

相変わらずの遣り取りに、竹雪は自分のことだというのも忘れて苦笑を禁じ得ない。

「荷物はそれひとつなのか？」

照れくささを隠すように兄が話題を変えた。視線の先に、竹雪が引いてきたスーツケースがある。一週間程度の旅に対応した大きさのスーツケースだ。竹雪は「うん」と頷く。足りない物は現地で調達すればいいと思ってできるだけ身軽にしてきた。スペースのうち四分の一には、日本から持たされてきた土産品が詰まっている。

「ムスタファ」

兄が背後を振り返り、少し後ろに立っていた現地人の青年を呼ぶ。縮《ちぢ》れた黒髪をした二十五、六の青年で、きりりと引き締まった顔つきと理知的な目が印象的だ。

「竹雪、ムスタファは大使館で通訳兼事務をしてくれている現地人スタッフだ。滞在中はなにかと彼の世話になるだろうから挨拶しておけ」

竹雪は兄が紹介してくれたムスタファに、にこやかな笑顔を向けて右手を差し出した。

「はじめまして、小野塚《おのづか》竹雪です。どうぞよろしく」

「こちらこそよろしくお願いします」

ムスタファは力強く竹雪と握手する。ムスタファは英語はもとより日本語も話せるそうで、いかにも頼りがいがありそうだった。

「それじゃあ行こうか」

こっちだ、と兄が先に立って歩きだす。

スーツケースはムスタファが引いてくれ、竹雪は肩から斜めにかけたショルダーバッグひとつと身軽になった。

兄のすぐ後ろに従って建物を横切っていく。

少し歩いたところで、竹雪はふと見覚えのあるスーツ姿を前方に認め、「あっ」と低く声を出していた。

「どうした？」

聞き咎めた兄が竹雪を肩越しに振り返る。

「あ、いや、なんでもないよ」

竹雪は慌てて答えた。

「機内で近くに座っていた人を見かけただけ」

なんだそんなことか、というように兄は鼻を鳴らし、前を向き直る。

兄と短い会話をしている間に、サングラスの彼はもう姿を消していた。どっちに行ったのかさっぱりわからなかったが、わかったところで竹雪にはなんの関係があるわけでもない。ほんの少しの間、たいして弾まぬ会話を交わしただけの間柄だ。竹雪の予測した通り、彼は「よい旅を」と言って話を切り上げた後は、いっさい構ってこなかった。あの後も二度ほど竹雪の横を通って化粧室に立ったが、顔も合わせずに往き来《いき》したのだ。おかしなもので、あれほど顔を見られることに反発していたにもかかわらず、放っておかれたらおかれたでまた新たな不満が湧いた。さっきはあんなに興味津々で遠慮もなく話しかけてきたくせに。そう思い、こんなふうに素知らぬ顔で無視することはないだろう、とむかむかしたのである。自分でもいったいどういう心境なのか掴めず、変な気分だ。飛行機を降りてから見かけたのもさっきが初めてで、それで思わず声を上げてしまったのだ。

ちらりとだけ見た彼の後ろ姿が脳裏から離れぬうちに、空港の建物から外に出ていた。

冷房の効いた中とは違い、外の日差しは強烈で、空気は乾燥している。まだ午前七時になったばかりだというのに、中東の太陽は容赦ない。屋根のある日陰から一歩出ると、たちまち肌に光の矢が突き刺すようだ。

ロータリーでしばらく待っていると、黒塗りの高級車が近づいてきて停《と》まった。

運転しているのはやはり現地人だ。髭《ひげ》を生やした小柄な中年の運転手は、白いお仕着せの衣装を着ていた。

ムスタファがトランクにスーツケースを載せてくれている間に、竹雪たちは後部座席に乗り込んだ。少し遅れてムスタファも助手席に乗る。

「まずは大使館に寄って、大使に挨拶してからだ」

走りだした車の揺れに身を任せつつ、竹雪は眠気を感じて欠伸《あくび》を嚙み殺した。機内ではよく休めなかったので、体が怠い。いかにシートがゆったりしていて居心地よいとはいっても、旅慣れていない竹雪には安眠できるほど快適ではなかった。うつらうつらとはしたものの熟睡からはほど遠く、その状態で早朝のラースに降り立ったのだから、今日一日はほとんど使いものになりそうもない。兄についていって日本大使館の楠木《くすのき》大使に挨拶したら、滞在中世話になる兄夫婦の自宅でゆっくりさせてもらおう。

「父さんたちは変わりないか？」

兄に話しかけられ、竹雪は油断すると塞がってしまいそうな瞼を瞬《またた》かせた。

「元気だよ。お父さんは仕事の片手間に『旧侯爵《こうしゃく》小野塚欣公《きんこう》について』という曾お祖父《ひいじい》さんの生涯を綴った伝記みたいなのを執筆していて、ことあるごとに僕を捕まえてはどれだけ立派な人だったか語りたがるんだ。まぁ陛下から勲《くん》一等を賜《たまわ》ったほどの人だからお父さんの気持ちもわからなくもないけど、僕そういうのにはあまり興味がないから、ちょっとうんざりしてた」

「どうやら相変わらずなのはおまえもらしいな」

兄が皮肉まじりに相槌を打つ。切れ長の目には揶揄《やゆ》が、品のよい口元には苦笑が浮かんでいる。

「お母さんだって相変わらずお稽古《けいこ》ごとやボランティアで毎日飛び回っているよ」

竹雪は兄の冷やかしを切り返し、続ける。

「篤志《あつし》兄さんの方は？　お義姉さん、そろそろ五ヶ月じゃなかった？」

「そうよ、竹雪くん」

兄を挟む形で奥に乗っていた義姉が身を乗り出してきて竹雪と顔を合わせる。両手は大切なお腹をしっかり守るようにしていた。

「いよいよあなたも叔父さんね」

「……そう言われると、なんだか不思議な気がするなぁ」

自分が甥《おい》か姪《めい》を持つ身になることがではなく、幼い頃からずっと一緒に育ってきた兄がとうとう父親になることが実感として湧いてこない。きっと、兄自身にもまだ幾ばくかの戸惑いがあるのではないだろうか。兄は口を噤《つぐ》んだまま、夏には生まれてくるだろう子供については何も語らなかった。しかし、ちらりと見上げた横顔は毅然としていて、さまざまな責任を肩に背負った社会人、家庭人としての貫禄に満ちており、竹雪の胸をざわつかせた。

僕もいずれはこんなふうになれるのだろうか——。

いつも感じる漠然とした不安が竹雪の心に押し寄せる。

焦っているのだと自分でもわかっていた。十六年間に及ぶ気ままな学生時代が終わりを告げ、来月からはこれまでとはまったく違う世界に飛び出していかねばならない。その不安と、期待。兄が言うように、確かに竹雪はさんざん甘やかされて育ってきた。富裕な家庭に生まれ、その恩恵に浴して大きくなったのだ。今まではそれで済んでも、今後はちゃんと自分の足で歩きたい。本当は父の会社に就職することにも抵抗はあったのだが、篤志を手放した両親のたっての希望には逆らえなかった。他に絶対なりたい職業があるわけでもなく、説得力に欠けたのだ。社長が父親でも、社会に出て独り立ちすることには変わりない。この摑み所のない不安は、自分以外の身内が立派すぎることに気後《きおく》れして生じるのだろうか。父のようにも兄のようにもなれない気がして、今からすでに将来の方向性を見失った心境になっているのかもしれない。

砂漠が見たい、と竹雪は唐突に思った。

ああ、そうだった。カッシナに行くと言い張ったときにもちょうどこんなふうにもやもやした気分になっていて、赤い砂まじりの風が吹くという乾いた土地に、柔《やわ》な自分自身を立たせてみたくなったのだ。思い出した。

竹雪は車窓を流れる景色を見た。

アスファルトで舗装された道路、石やコンクリートで造られた建物の中に、椰子《やし》の木がところどころ突出した風景は、想像していた以上に都会的だ。市街地に入ると道路には古い型の車が連なっており、道の両側に書店やカメラ屋などの商店が店舗を構えた通りが見えてきた。アーチ型の柱で支えた屋根つきのプロムナードを様々な恰好をした人々が歩いている。ラースの人々の一日は早くも始まっているようだ。

「砂漠はどっち?」

竹雪が聞くと、兄はそっけなく「東南の方角に広がっている」と教えてくれた。

「篤志兄さん、砂漠でラクダに乗ってみた?」

「いいや」

案《あん》の定《じょう》兄は興味なさそうに首を振る。自分は遊びでこの国にいるわけではないと言うように、取りつく島もない返事だ。

もっといろいろなことを聞きたかったのだが、何を聞いても兄はこんなふうだろうと想像できて、竹雪の気持ちは萎《しぼ》んだ。

また欠伸が出る。

今日はもう兄夫婦の家でおとなしくしていよう。旅程はたっぷり取ってある。夕方まで昼寝をすれば疲れも回復するだろう。どこに行きたいか、何を見たいかは夜考えればいい。

渋滞気味だった市街地を抜け、車は丘の上にある閑静な街並みに入っていった。この辺一帯はクリーム色や黄色い壁などの瀟洒《しょうしゃ》な屋敷が並ぶ高級住宅地のようだ。鉄柵状の大きな門扉《もんぴ》から覗く前庭には噴水があったり緑の芝が敷き詰められていたりして、住んでいる人の豊かさを物語っている。

日本大使館もその一角に建っていた。

マシンガンを肩にかけて武装した武官が二人、ゲートを守っている。車は門の手前で一旦停止し、許可を得てから敷地内に進んでいった。

「最近治安が少し乱れているからな」

兄が真剣な横顔でぼそりと言う。

「テロとか……?」

「いや、この国は中東諸国の中でも特に進歩的な考えを持っているから、宗教的な理由による拘束も緩く、西欧国家とも上手く与《くみ》してやっていこうという現国王の意志の下に国全体が比較的よくまとまっている方だ。それでももちろん一部には反米感情を抱いて過激な意見を持っている連中もいるにはいるが、テロの危険はほとんどない。それより部族間の小競《こぜ》り合《あ》いや強盗や人さらいなどの被害の方が問題だな。こういった事件は昔から絶えることがない。富裕層を狙って誘拐し、身代金を求めてくるような事件がつい先日も起きていた。日本人もターゲットにされやすいから気をつけろよ」

「わかった」

もともと治安のいい安全圏に来たつもりはなかったので、竹雪はわかりきったことをわざわざ念押しされたような気分で頷いた。言われなくたってちゃんとわかっている。

大使館は白い石で造られた三階建ての綺麗な建物だった。

モザイクタイルが敷かれたエントランスホールを抜け、中庭が見渡せる回廊を通って大使の執務室へと向かう。

義姉の政子《まさこ》はホールの右手にあるサロンでお茶を飲みながら待っていることになったので、大使に会うのは兄と竹雪の二人だけだ。途中、幾人かの大使館員とすれ違ったが、篤志を見ると誰しもが一様に畏《かしこ》まって会釈する。この若さで参事官《さんじかん》というのはエリートなんだな、と竹雪はあらためて敬服した。

出勤したばかりらしい楠木大使は、おおらかで屈託のない大男だった。

「やぁやぁ、よく来たね。お父上はお元気ですか？」

「はい、おかげさまで」

楠木大使と竹雪たちの父は大学の同窓で、何度か顔を合わせたことがあるらしい。竹雪がカッシナに来ることをとても歓迎してくれ、ぜひ会いたいと言ってくれたのだ。

「東京に比べるとここはずいぶんな田舎ですが、遺跡やスークなど日本では見られないものもたくさんあるので、きっと退屈しないと思いますよ。砂漠に落ちる夕陽もぜひ一度ご覧になるといいでしょう。こちらに滞在中は大使館の車を運転手付きでお貸ししますから、いつでも好きなときに使ってくださって結構です」

「どうもありがとうございます」

竹雪は大使の親切に丁寧に礼を言って頭を下げた。

天井でくるくると回っているファンが冷房の風を部屋中に均一に行き渡らせる。しばらく姿を消していたムスタファがチャイを運んできてくれた。中程がくびれたガラスのコップに濃い紅茶のようなものが入っていて、受け皿に角砂糖二つを載せたスプーンが添えられている。持ち上げて香りを嗅いでみると、紅茶と烏龍茶《ウーロンちゃ》が混ざった感じだった。

竹雪が物珍しげにチャイに注目している間に、大使と篤志は会話していた。

「——それじゃ、また今週も殿下《でんか》は王宮には戻られないのか」

「ええ、そのようです。こちらも特に急ぎの案件というわけではありませんので、無理にアポイントメントを取り付けるのも気が引けまして」

「や、や、それはもちろん、殿下のご都合のいいときに会見していただければ構わないんだよ、小野塚くん」

「お噂以上に気まぐれなお方のようですね」

「まだお若いからな」

「それにしても――」

大使の執務室は居心地がよかった。

初めて飲むチャイにおそるおそる口をつけ、ほっと一息つく。ふかふかのクッションに身を凭せかけ、大使たちの話し声を上の空で聞いているうちに、さっきからずっと断続的に訪れていた眠気がここでもまたやってきた。

「竹雪。竹雪」

二度呼ばれてはっとした。

兄が渋い顔をして呆れたように竹雪を見ている。

「す、すみません……僕」

慌てて姿勢を正して謝る。座っている大使はにこにこと笑っていた。

「なに、気にすることはありません。日本からこのカッシナまでは直行便がないから、丸一昼夜移動にかかりますからな。ツアーなどでは早朝に入国すると同時にみっしりと観光スケジュールを組んでいることが多くて、お年寄りにはずいぶん大変だと聞きます。こちらは食あたりも起きやすいですから、病院を紹介してくれと言ってくる方も多いですよ。体調と相談しながら無理せず行動することをお勧めします」

「はい」

竹雪は恥じ入ってもう一度ぺこりと頭を下げた。

「どうもありがとうございます」

「大使、お気遣いいただきまして、すみません」

篤志も恐縮して礼を言う。

いやなに、と目尻を下げる大使は本当に穏やかで優しく、腰の低い親切な人だった。

竹雪は兄に促され、大使の執務室を後にした。

Ⅲ

カッシナに着いた翌日から、竹雪《たけゆき》はムスタファの運転する車に乗って、ラースはもちろん近郊都市にも足を伸ばし、観光名所を案内してもらった。

イスラム教徒の礼拝堂であるモスク、聖者と言われた人々が眠る聖廟《せいびょう》、ローマ時代の神殿や列柱の跡、その他様々な遺跡など、その気になれば見るものはいくらでもある。

見渡す限り砂にまみれた起伏のある土地が広がる中を、一本の道が延々と続く風景はたいそう珍しかった。それに、見晴らしのよい丘の上の遺跡に登って眼下を一望したときには、感嘆の溜息が出たものだ。砂丘の向こうに緑の塊《かたまり》が見え、ああれがオアシスなんだ、と実感した。

ムスタファは博識で、竹雪の質問にはたいていなんでも即答できた。もっとも、あらかじめカッシナに関する知識をほとんど仕入れてきていなかった竹雪の聞くことなど、ムスタファにしてみればあまりにも基本的すぎることばかりだったのだろう。

「カッシナの男は、十八から二十五までの間に二年間、必ず兵役《へいえき》をこなさなければなりません」

「ふうん。じゃあムスタファも軍隊経験があるんだ？」

「はい。私は二十から二十二にかけて務めましたが、そのときアシフ殿下もご一緒で大変感激しました」

「アシフ殿下って次期国王になる人？」

「そうです。現国王ムハンマド陛下のご長男で、アシフ・ビン・ラシード皇太子殿下です。私と同じお歳《とし》でいらっしゃいます」

舗装されていない郊外の道を走る車はガタガタと揺れる。竹雪は後部座席に座り、助手席の背凭れに掴まる恰好で、運転席でハンドルを握っているムスタファと話をした。

ムスタファは、心の底から自国の世継ぎを敬愛しているらしく、皇太子のことを話していると き誇らしげに胸を張る。現国王は国民から絶大な信頼と人気を得ているそうだが、皇太子も同様のようだ。

「勇敢で理性的で正義感のお強い、とても素晴らしいお方です。我が国からハーレムの制度がなくなって久しいのですが、殿下をお慕いしている女性の数は相当なものでしょう」

「ハーレムがないってことは、一夫一妻制ということ?」

「建前はそうですね」

ムスタファは神妙な返事をする。

「でも、実際には現国王陛下にも愛妾《あいしょう》がおいでになりますし、国民はアシフ殿下が同じようになされても誰も咎めはしないでしょう」

「よほど好かれている方なんだね」

「我が国の誇りです」

迷わず断言するムスタファに、竹雪はいったいアシフ殿下というのはどんな人なのか、会ってみたくなってきた。もちろん本気で叶うとは露ほども思っていない。単にその場限りの好奇心を起こしただけである。

「今日はこれからどちらにご案内しましょうか？」

一昨日《おととい》、昨日に引き続き、今日でムスタファと出歩くのも三日目だ。そうそう毎日彼を引き回しても悪いと兄を通して断ろうとしても、竹雪を一人にしておくのは心配だからと眉を顰《ひそ》めるばかりで、聞いてくれない。義姉は妊娠中で無理できないし、篤志《あつし》自身は仕事がある。たまたま竹雪がラースに着いた日は月曜だったため、週末までムスタファに任せるという話が大使との間でもついているという。何かあってからでは遅い――兄はそう繰り返すが、これまでムスタファに連れられて様々な観光名所を訪れた竹雪としては、言うほどの危険はまったく感じなかった。たぶん、義姉の言葉通り、兄は自分で思っている以上に竹雪に甘く、心配性なのだろう。そうに違いなかった。

観光も三日目となると、予備知識をほとんど仕入れてきていない竹雪には、したいことがわからなくなってきていた。ラースとその近郊一帯は古代ローマ文明に興味のある人にとってはよく知られた観光地だ。半日かければ行って帰ってこられる範囲内に、城塞跡や競技場跡などの遺跡、博物館や美術館などがこれでもかというほどあるらしい。見ようと思えばまだまだいくらでも見るものはあり、ムスタファは竹雪の希望通りどこにでも連れていってくれるつもりでいる。

「そうだ、スークが見たいな」

なけなしの知識をかき集めてあれこれと考えた末、竹雪はふとまだそこに行っていないことに思い至った。

スークというのは、いわゆる市場のことだ。

地元の人々が生活するために必要なもののほとんどが、そこに行けば手に入れられる。同時にまた、観光客相手の土産品も様々と売られている。

「街で一番大きなスークに行きたい」

特にこれといって買いたい物がはっきりしているわけではなかったが、竹雪は勇んで言った。地元の人々のパワーが感じられる場所、ということで、ひどく興味をそそられる。

「スークですか……」

バックミラー越しにムスタファと目が合う。

ムスタファの思慮深い目にわずかばかり憂《うれ》いが浮かび、竹雪は首を傾げた。

「危険な場所？」

「いえ、特に危険というわけでもありませんが」

言葉を濁しながら黒い瞳がすっと下方にずれる。その視線につられて自分の姿を見下ろした竹雪は、ムスタファが気にしているものに思い当たり、取り越し苦労だろうと一笑に付《ふ》した。竹雪は半袖の開襟シャツに伸縮性のある生地で作られたスラックス、そして腰に薄手のジャンパーを巻き付け、帽子を被るといったスタイルだ。カジュアルに徹していても、いずれも名の通ったブランドで購入した贅沢品ばかりで、見る人が見れば金持ちの御曹司《おんぞうし》とわかり、カモにされるかもしれない。

「大丈夫だよ、ムスタファ」

法外な金額をふっかけられて下手な品を摑ませられるほど間抜けじゃない。竹雪はムスタファを安心させるのと同時に自分自身にも言い聞かせる。要は相手のペースに乗らないことだ。いらないならいらない、とはっきり断れば、向こうも押しつけてまで売ろうとはしないだろう。首に下げた大きめのクロスを指で弄りながら、平気だと考える。

なんならムスタファに一緒に来てもらわなくても、一人でスークを一巡りしてくるだけでもいい。アラビア語はほとんどわからないが、カッシナの公用語は英語だ。平均的な中東の教育レベルからするとカッシナ国民の就学率は遙《はる》かに高く、ことに首都圏の都会で生活している人々のほとんどは基礎的な英語を解すると兄が話していた。

そろそろ一人で行動したい、出歩いてみたい気持ちが、にわかに頭を擡《もた》げてきた。日頃からなにかにつけて過保護、過保護と皆に冷やかされていることに、竹雪は内心で反発を感じている。やればなんでもできる自信はある。ただ周りが、末っ子だから、細くて柔《やわ》な印象があるから、などという勝手な理由で、あれこれ構いたがるだけなのだ。

「なんだったらムスタファはカフェで休んでいてくれてもいいよ」

竹雪の言葉に、ムスタファは弾かれたように顔を上げ、とんでもない、と非難に満ちた目をミラーを通して向けてきた。

「そんなことをしたら、私が怒られます。いえ、怒られるだけならば私だけの問題ですからべつにいいのですが、竹雪さんの身に万一があっては国際問題にも発展しかねません」

「大袈裟だなぁ」

竹雪は本当にそう思って茶化した。

しかし、ムスタファの目はにこりともせず、真剣なままだ。

どう言っても一人で散策するのは許してもらえそうにない。きっと兄が、くれぐれもとムスタファに頼んでいるのに違いなかった。

竹雪は小さな溜息を洩らし、車窓の景色に視線を転じた。

車は再び市街地に入っていた。片側三車線の広い通りは近年整備されたばかりらしく、中央分離帯に椰子の木が並んでいる走り心地のいい道路が続く。

近代的な街と荒涼とした砂漠がすぐ隣り合わせにあることが竹雪を最も驚かせる。一度、さっきまで走っていたような砂まじりの道の端に車を停めてもらって、傍らのちょっとした丘に登ってみたのだが、そこから先にはただただ灰色や黄色や、あるいは薔薇《ばら》色の砂丘が漫然と開けているばかりで、しばし呆然とした。

砂漠を転々として暮らすベドウィンたちは、砂を寝床に、星を天蓋《てんがい》にして寝ると聞く。竹雪にはどんな感じなのかちょっと想像もつかない。あまりにもすごすぎる環境に興奮して、一睡もできないのではないかと思うだけだった。

日本とは全然違う環境の場所に身を置いていると、普段はしないようなこともしてみたくなる。気持ちが開放的になっているせいだろうか。

「ラース一のスークは、旧市街にあるカマル・スークです」

「どのくらい大きいの?」

「迷路のように」

またしてもムスタファは生真面目に答えた。

「迷路ねぇ」

竹雪としてはさらにわくわくしてくる。

猥雑《わいざつ》な活気に包まれた、狭い石畳の道。その両側をびっしりと露店が軒《のき》を連ねて埋め尽くし、かけ声を張り上げながら見たこともない珍しいものを売っているところを思い描く。旅先でなかったらきっと買わないだろう品物を、雰囲気に圧《お》されて買ってしまうのもたまにはいいだろう。中には掘り出し物の骨董品《こっとうひん》があるかもしれない。中東の特産品であるキリムを扱っている店を冷やかすだけでも面白い。

ムスタファが大通りを右折した。

しばらく行くと街並みが少しずつ印象を変えていく。真新しい高層ビルはほとんど見当たらなくなり、代わりに古びた建物が多くなる。崩れかけた建物も目についた。まもなく、小さな家や建物が密集した地域に入り、道路の状態も少し悪くなった。いかにも下町の路地めいた雰囲気だ。ずいぶん昔に敷かれたアスファルトは、ところどころ陥没したりひび割れしたりしていて、車の揺れが増す。ときどき荷物を積んだロバが道の端を歩いていることもあり、スピードを落として走らなければならなかった。そこからさらに歩道もない狭い通りに車を乗り入れた。買い物客が道路いっぱいに広がり、闊歩《かっぽ》している。通りにはカフェが何軒も店を開けていて、店先に出されたカラフルな色のプラスチック椅子は客でほとんど塞がっていた。

車は人が歩くのとたいして変わらない速度で徐行する。クラクションを鳴らせば目の前を塞いでいる歩行者も避けるのだが、ムスタファは極力鳴らさないようにしているようだった。

人の流れは五十メートルほど先から続いている。

見ると、古い石の門が左手にあった。人々はそこをひっきりなしに出入りしている。

「あの石門を潜るとスークが広がっています」

「へぇ。活気がありそうだね」

「車を停められる場所がこの先にありますので、いったん通過します」

どうやらムスタファはとことん竹雪を一人にしたくないらしい。ここで降ろすから先に中に入っていてくれとは言ってくれなかった。

石門の前をゆっくりと通り過ぎる。

ちらりと覗けた門の中は、様々な衣装を身につけた人で混雑していた。屋根付きのアーケードのようになった通路の両端にずらりと店が並んでいる。ぱっと目にしただけでも赤や黄や緑などの派手な色合いが洪水のように目に押し寄せてきた。早くあの中を歩いてみたい。竹雪は柄にもなく心を躍《おど》らせた。いい加減、モスクや昔の神殿、遺跡などの荘厳な雰囲気に飽き、息抜きになることがしたくなる頃合いだった。

「少し歩くことになりますが、大使館の車が駐車違反というのも様になりませんので」

ムスタファは言い訳するように断った。

石門から先に行くと人の通りが急に減る。こちら側は市街とは反対方向で、この先には砂漠が広がっているはずだ。だからなのだろう。

カフェの店先で白髪の老人二人が水タバコを吸いながら、段ボール箱に木の板を載せたテーブルの上に屈み込み、バックギャモンをしている。その横を通り過ぎようとしたときだ。いきなりブシュウと変な音がしたかと思うと、車がひときわ大きく揺れた。突然だったので、構えていなかった竹雪は、危うくシートからずり落ちるところだった。

「うわ……！　まずいことになったな！」

珍しくムスタファがアラビア語でそう叫んだ。

「ど、どうしたの？」

竹雪は後部座席から身を乗り出し、ムスタファに事情を聞いた。

「パンクです」

ムスタファはすぐにいつもの冷静さを取り戻すと、確信的な口調で答えた。カフェにいた老人二人もびっくりしたように立ち上がり、車の中を代わる代わる覗き込みながら、声高なアラビア語で何事か言い合っている。ウインドーを下げて顔を突き出したムスタファが早口で彼らに何か話し、彼らがそれにまた答えた。老人たちの言葉は訛《なま》りが強くて聞き取れないし、ムスタファの言葉もほとんどわからない。

カフェの隣が鶏小屋になっていて、ムスタファはそこに車を寄せて停めた。

ムスタファに続いて竹雪も車を降りる。

パンクしたタイヤの状態を調べるために地面に屈み込んだムスタファの傍で、竹雪はどうなるのだろうかと成り行きを見守った。すでに老人二人は元の場所に戻っている。

「最悪に運がなかったようです」

全部のタイヤを見て回ったムスタファが、眉間に皺《しわ》を寄せて言う。

「パンクしたのは左の後輪ですが、右の後輪も空気圧が下がっているようです。スペアタイヤを一本だけ積んでありますけれど、これは修理工にきちんと整備してもらった方がよさそうですね」

「ここに来てもらえるの？」

「最寄りのガソリンスタンドに行って事情を話してきます。二キロほど手前に一軒ありましたから、二十分もあれば整備工を連れて戻ってこられると思います。申し訳ありませんが、それまでの間、竹雪さんはそこのカフェでお茶でも飲んでゆっくりしていていただけますか」

「僕はいいけど」

「ご迷惑をおかけして本当にすみません」

ムスタファは恐縮した面持ちで謝ると、竹雪を残して足早に来た道を引き返し始めた。

その後ろ姿を見送りながら、竹雪はぼそりと呟く。

「べつにお茶は飲みたくないんだけどな」

横目でそっとカフェの中を窺う。店の中は薄暗く陰気な様相で、四歳か五歳くらいの痩せた子供二人がレジカウンターの前でじゃれあっているほかに、誰の姿も見えなかった。店の主は奥に引っ込んでいるらしい。

先程の老人たちが竹雪にチラチラと視線を流しながら、アラビア語で遣り取りしている。見られているのはどうやら胸に下げたペンダントらしい。ホワイトゴールド製の十字架のクロスした部分に、ダイヤモンドとサファイアで飾りを付けたものだ。十字架が割合に大きいため、首の細い竹雪が身につけているとかなり目立つ。衣服の下に隠してしまおうにも、前立て部分から自然とV字に開くデザインの開襟シャツなので、どうしても表に出てしまう。

いいや、べつに。

たいして信心深くもないが、竹雪はいちおうクリスチャンだ。クリスチャンが十字架を身につけていて悪いはずはない。

竹雪は気にすることはないと自分に言い聞かせ、そのままカフェの前を素通りした。この店に寄っておとなしくムスタファの帰りを待っている気分には、どうしてもなれない。

ムスタファが戻るまで、ほんのちょっとだけ、先に一人でスークをぶらぶらしてみようと思い立った。

べつに誰かに手を引いてもらわなければいけないような子供ではないんだし。そんな軽い気持ちだったのだ。

石の門を潜ると、狭くて入り組んだ路地が果てしもなく続いていた。さすがはカッシナの首都で最も大きなスークだけのことはある。想像以上の規模に、まず驚いた。

昼だというのに中は薄暗い。

天井がドームになっていて、穴蔵のような印象を与える。屋根も店の壁も古びた石で造られている。天井のところどころには商品である衣料品や布地がぶら下げられていた。何十あるともしれない露店ではあらゆるものが売られている。大きな籠《かご》に入った赤や土色や黄色などのスパイス類。店の前を通り過ぎるだけで独特の香りがする。絹織物を並べた店に、金や銀を細工したものを売っている店。観光客向けにポストカードや使い捨てカメラ、土産品を扱う店も、何軒もあった。

竹雪は初めて経験するスークの雰囲気にたちまち呑まれてしまっていた。

店先を眺めながらただぞろぞろ歩いているだけなのに、頭に布きれを被った現地の人々と頻繁に目が合う。どうしてこんなに皆が自分を見るのだろうと竹雪は心地悪かった。観光客なら他にもいっぱいいる。明らかに団体とわかる人たちもいたし、金髪に白い肌の欧米人の姿も目立った。べつだん浮いた恰好をしているはずはないのに、なぜこんなに注視されるのか、竹雪にはさっぱりわからない。もしかすると、胸の十字架が宗教的な理由で禁忌にふれでもしているのか、とも考えたが、ムスタファの弁によればカッシナはそういう意味での厳粛《げんしゅく》さはあまり持ち合わさない国柄だと聞いていたので、しっくりこなかった。

日常離れした不思議な空間は竹雪に時間の感覚を忘れさせた。

どこまでも続く石畳。

大皿に盛られたパンのような形の、甘い匂いのするお菓子。

商品に気を取られて余所見《よそみ》して歩いていたため、前方から来た人とすれ違いざまに肩がぶつかった。

「あ、ごめんなさい」

すぐに振り返って謝ると、口髭を生やしたアラブ人は太い眉を顰め、竹雪の目を鋭く睨みながらアラビア語で何か言った。無骨そうな指で竹雪の胸元を指しながら、非難しているのか注意しているのかといった口調で喋るのだが、何を言われているのかさっぱりわからない。男の口調の荒々しさに、竹雪はひたすら圧倒されるばかりだった。言うだけのことを言ったらしい男は、竹雪をなおも流し目で見ながら通り過ぎていった。

竹雪はホッとするのと同時に、思った以上に公用語のはずの英語が通じない心許《こころもと》なさを覚え、そろそろ戻らなければという気持ちになった。やはりムスタファがついていてくれるのといないのとでは勝手が違う。

腕時計を見るとちょうど二十分経っていた。

まずい。今頃ムスタファは竹雪がカフェにいないことを知って青ざめているかもしれない。来た道を足早に戻り始める。

来た通りの路地を引き返していけば、もうそろそろあの石門が見えてくるはずだ。ところが、なかなか行き着かない。もしかすると、さっき手前の道で曲がり損ねたのかと不安になり、戻って違う路地に入ってみた。スークの中は竹雪にはどこもかしこも同じような光景に見え、ここは来るとき通った気もすれば、今初めて足を踏み入れた気もして、判断がつかない。

次第に焦りと不安が出てきた。

歩いている人を捕まえて石門はどちらか訊ねようかとも思ったが、現地の人々は皆一様に竹雪を胡散臭そうな目でじろじろと見ているようで、なんとも嫌な感じがして躊躇《ためら》われる。ざっと見たところ日本人らしき人はいないし、どこの国から来ているかもわからない外国人観光客に道を聞くのも気が引けた。

迷いながら勘だけを頼りに進んでいくと、そのうち前方に露店が途切れた場所が見えてきた。人通りもぐっと減り、どうやらスークの果てらしかった。正面は石壁で行き止まりになっているが、右手から光が差し込んできている。石門とは別の出入り口のようだったが、とりあえずこの薄暗くて怪しげな場所から出てしまうことが先決だ。スークの中をぐるぐると巡り歩いているより、外に出た方が元いた場所に戻るのもずっと楽だろう。

右に折れた数メートル先は屋根のない外だった。

魔窟《まくつ》から現実世界に戻った心地になる。

そこは崩れかけた家が三軒建ち並んだ裏にあたる狭い空き地のような場所で、表通りへは家同士の間にある細い路地を通って抜けられるようだ。

よかった、どうにかなる——竹雪は胸を撫で下ろしたのだが、路地に向かって歩きだそうとしたとき、突然背後から肩を摑まれギョッとした。

慌てて振り返ると、頭に赤と白のチェック地の布を被った髭面の男が怖い顔つきで立っている。男は体格がよく、見るからに腕《うで》っ節《ぷし》が強そうだ。竹雪は自分が入り込んではいけない場所に入り込み、咎められているのかと思った。

「ご、ごめんなさい。僕は道に迷って……」

英語が通じることを祈って弁解しかけたのだが、男の後ろからさらに二人、これまた目つきの悪い男が現れ、竹雪は言葉を喉に張りつかせ、それ以上言えなくなった。

三人が迫ってくるので自然と空き地の奥まで押されるようにして進む。

何が起きているのかさっぱりわからなくて、竹雪は半ばパニックに陥りかけていた。大声を上げればスークにいる人々の耳まで届くだろうか。いや、きっと無理だ。この近くにはほとんど人《ひと》気《け》はなかった。人が大勢いるのはもっと奥の方で、どう考えてもそこまで声が聞こえるはずもない。

どうやら竹雪は男たちにずっと尾《つ》けられていたようだった。

男たちは最初から目的を定めて竹雪を狙っていた感じなのだ。

とうとう背中が崩れかけた民家の壁にぶつかった。

三人に周囲を取り囲まれる。逃げられる隙間はない。

竹雪は恐々として、自分よりも背の高い男たちを見上げた。あとから来た二人も中東の民族衣装である布を頭に被っている。着ているものは様々で、作業着のような上下だったり、寝間着《ねまき》のようなズボンとプルオーバーだったり、柄シャツと綿ズボンだったりするのだが、皆申し合わせたように腰にカーブした刃のナイフを差した革サックを巻いている。どす黒く陽灼けした顔、濃い眉と口髭、顎の無精髭、そしてなによりも狡《ずる》くて残忍そうな彼らの目が竹雪を身動《みじろ》ぎもできないほど萎縮させた。

怖い。怖くて声も出せない。少しでも声を立てたら、たちまちナイフで喉を掻き切られかねない緊迫感があった。

遅れてきたうちの一人が、怯《おび》える竹雪の首に手を伸ばしてきた。

「ひっ」

竹雪は喉から空気が破裂するような音をさせ、首を竦めて固く目を閉じた。

次の瞬間、うなじに焼けつくような痛みを感じた。

はっとして目を開くと、男の手の先で首にかけていた十字架のペンダントが揺れている。竹雪は呆然として首筋に手をやった。指にわずかばかり血が付く。

男たちは、竹雪の首から奪ったペンダントを見て、してやったりという顔で頷き合っている。

竹雪は身を強張らせ、息を呑んでいた。

このまま彼らが満足して行ってくれればいい。十字架の中心に一カラット近くあるダイヤモンドが填《は》め込まれたそのペンダントは確かに高価なものだが、執着はなかった。むしろ、それひとつで助かるのなら不幸中の幸いだ。ああ、スークでぶつかった男が竹雪の胸元を指して恐い顔で何事か言っていたのは、このことだったのかと遅ればせながら気づく。無防備な竹雪に注意を促してくれていたのだろう。だが、今わかってもどうしようもない。

チェックの頭巾を被った男が竹雪のペンダントを懐《ふところ》にしまった。

頼むからこれで行ってくれ――!

竹雪は祈る心地だった。決して騒いではいけない。彼らを刺激してはいけない。その思いが竹雪の頭を駆け巡る。壁に押しつけた背中の中心を冷や汗が流れていく。

頭上でアラビア語の会話が低く交わされていた。

男たちは何か相談し合っている。

——兄さん！　ムスタファ！

こんな目に遭うとわかっていたら、一人でスークを歩こうなどとは考えなかった。今頃ムスタファは竹雪を捜し回っているだろう。スークに入ってしまったのは間違いないと考えるはずだから、運がよければ今にもここに助けに来てくれるかもしれない。だが、あの入り組んだ迷路のような内部を思い浮かべると、竹雪は絶望的な気分になった。ムスタファが簡単にここを探し当てられる可能性はとても低い。

おそるおそる視線を上げた目が、真ん中にいる男とぶつかった。

ぞくっと背筋が震える。

嫌な目つきだ。まるで女を品定めするような、劣情と不埒《ふらち》な好奇に満ちた目で、不躾に竹雪を見ている。

僕は男だ。もし勘違いしているのならそう主張して正したかったが、やはり声にならなかった。腑甲斐《ふがい》ないの一語に尽きる。いざというとき自分がどれほど無力なのか思い知らされ、ショックだ。

細くて小柄な体に白い肌、さらさらした黒髪、瞳の大きな目と、竹雪は自分の容姿がきわめて中性的だという自覚は持っている。男の先輩に誘われて、キスや体の触り合いまでは許したこともあった。しかし、竹雪自身はあくまでも自分が男だという意識しか持っていないから、外見が他人にどう見られるのかなど頓着することはない。竹雪には今のこの成り行きが悪夢としか思えなかった。

どうしよう。どうしたらいいんだろう。

焦れば焦るほど混乱し、恐慌を来す。

「お、お金が必要なら……」

掠《かす》れかけた声をようやく絞り出せた。お金ならいくらでも払う、そう告げて解放して欲しかった。

しかし、必死の英語も彼らには伝わらなかったようだ。

左にいた男が竹雪の顎《あご》を摑み、自分の方に顔を向けさせた。

「い、いやだっ」

咄嗟《とっさ》の言葉は日本語になる。

激しく首を振り、顎にかかった男の手を振り払った。

「放せ、僕を放せ！」

一度反発したのをきっかけに、さっきまで強張っていた全身がいっきに力を帯びてきた。三人を激しく拒絶し、なんとか逃れようと苦心する。

腕を振り回し、男と男の隙間を広げて囲い込まれたところを抜け出ようとしたが、しょせんは虚しい抵抗にしかならなかった。

三人は竹雪を檻《おり》に閉じこめたネズミのように余裕綽々《よゆうしゃくしゃく》とした態度であしらった。竹雪の見せた抵抗など、彼らには失笑する程度のものだったらしい。

適度な運動を楽しむようにして竹雪をしばらく動き回らせた後、背後に回った男が竹雪を後ろから羽交《はが》い締《じ》めにした。

あっ、と思った瞬間、前にいた男の拳が鳩尾《みぞおち》に入り込む。

竹雪は殴られた痛みや衝撃も感じないまま、ずるりと膝を崩して地面に頽《くずお》れた。

血が頭から爪先までいっきに落ちていくようだ。

——に、兄さん…。

竹雪はがくっと首を倒して気絶した。

Ⅳ

ガタガタと音がうるさい。

それにつられて体も不安定に揺れる。鳩尾のあたりに鈍い痛みがあって、体が揺れるたびにそれを意識した。

――ここは、どこだ。

竹雪《たけゆき》はうっすらと瞼を開いていった。

最初に目に入ったのは、黒い布地だ。頭を包み込まれ、背中までそれで覆われている。頬にかかって顔面から日を遮《さえぎ》っている布に、指を伸ばして触ってみようと思ったが、背中で組まされた腕が外せない。両手首を一纏めにして縛られている。足首も同様にされていた。

手足の自由を奪われ、黒い布で蓑虫《みのむし》のようにぐるぐる巻きにされた竹雪が転がっているのは、家畜を運搬する際に使われるようなトラックの荷台だ。黄色いペンキが塗られた鉄の枠が四方を囲っている。荷台に載っている人間は竹雪だけのようで、周囲はぱんぱんに物が詰め込まれている薄汚れた布袋、水の入った大きめのポリタンク、鍋《なべ》やタライ、毛布などの日用品がごたごた積まれている。

寝転がった状態で水平に視線を伸ばすと、辺りは薔薇色の砂丘だった。

びっくりして目を瞠《みは》る。

起きあがってよく周囲を確かめたいが、思うように体を動かせず、わずかばかり頭を擡《もた》げられたくらいだ。

西に傾き始めた日差しが頭上にあった。

太陽も赤い。赤というより、ルビーグレープフルーツの果実に近い色だろうか。それが灰色の砂に反射し、辺りを薔薇色に染めている。こんな不穏な状況でさえなければ、感嘆の溜息がこぼれるほど幻想的で美しい光景だ。

ぼろぼろの小型トラックは砂を噛みながら、今にも息切れしそうな調子で走っている。エンジンがいつ止まっても不思議ない感じだ。硬い板張りの荷台に、竹雪が寝ている範囲にだけ泥だらけのキリムが敷かれている。いちおう大事に扱われているらしい。

懸命に首を伸ばして前方を見ると、ラクダが三頭歩いていた。背中には男が一人ずつ乗っている。後ろにも誰かいるのだろうか。竹雪は足の先にも視線をやった。いる。後ろにも一人、ラクダに乗った男がいた。頭を白い布で覆っている。

トラックには運転している男と助手席に座った男、二人の頭が見えた。

全部で六人。すべて男ばかりのようだ。

竹雪は絶望と不安で全身がぎゅっと縮こまった。

いったいどこに連れていかれようとしているのだろう。

男たちは何者なのだろう。

そういえば、砂漠に近い郊外の方で、ここ最近、強奪事件が相次いでいるような話を、兄がしていたことが脳裏を過《よ》ぎる。ベドウィンの部族の中には盗賊《とうぞく》をして生計を立てている者たちもいて、国王はその取り締まりと治安の回復に苦慮しているらしい。日本人観光客が被害に遭わないよう、大使館でも常に注意を呼びかけていると言っていた。

まさか、と思いたかったが、竹雪には自分を攫《さら》った連中がその盗賊団ではないと言い切る自信はなかった。

金めの物を奪って身ぐるみ剝がされた挙げ句砂漠に置き去りにされたとか、若い女性がよってたかって悲惨な目に遭わされた例もあるそうだ。

考えれば考えるほど心臓が震えてくる。

逃げなくては。このままではどんな酷いことをされるのか、想像するだけで身の毛がよだつ。

後方にいる男に、竹雪が意識を取り戻したことを悟られるのは賢明でない気がしたので、目立たないように気を遣いながら手首を動かしてみる。だが、袖の上からたるみもなくかけられた縄は、どうあがいても緩みそうにない。

焦りが込み上げる。

体を極力傷付けないようにされている様子から考えて、連中は竹雪を商品のひとつとしてどこかで売ろうとしているのだろう。誰がどういう目的で竹雪を欲しがるのかは想像もつかないが、そうなってしまったら二度と日本に帰れないことだけは確かだ。

嫌だ、そんなこと。

竹雪は強く唇を噛み締め、絶対にそんな不本意なことにはなりたくないと思った。

なんとしてでもここから逃げ出さなくては。兄たちの元に帰りたい。

しかし、どうすれば難を逃れられるのか、竹雪にはまったくわからなかった。手も足も縛られているのだ。荷台から落ちても、すぐに後ろから来ている男に捕まり、連れ戻されるだけに決まっている。それに第一、どう考えてもここは砂漠の真ん中だ。水のひと瓶すら持たずに歩いて町まで戻れるとは思えない。

どうしよう、どうしよう、とただ闇雲に頭の中で繰り返しているうちに、前方でアラビア語の遣り取りが交わされ、間もなくして車が停まった。

新たな恐怖で竹雪は身を竦め、固く目を閉じる。耳だけは緊張させてそばだてていた。

ガヤガヤと話し声が聞こえてくる。

隊列を組んで進んでいた一行は、ここで休むことにした模様だ。もうすぐ日が沈むのだろう。暮れてしまう前に夕飯を済ませ、寝場所を確保するようだ。

トラックに乗っていた男二人も降りたらしい。バタン、バタンとドアを開け閉めする音が響き、車体が弾んだ。

誰かが荷台の後部にやってきた。竹雪のすぐ足もとで金属の閂《かんぬき》を抜く音や、側面の金板を倒す音などがひっきりなしにする。アラビア語での会話はすぐ頭上でやかましく交わされていた。竹雪の傍に積んであった袋や道具が次々と降ろされていく。

竹雪は生きた心地もせず、黒い布の陰で身を強張らせていた。

お願いだから自分には構わずそっとしておいてくれ、と唱え続けていたのだが、いきなり誰かの大きな手が竹雪の肩を摑み、揺さぶった。

「うわっ！」

恐怖と驚愕に引きつった悲鳴が口を衝く。

横顔を覆っていた布をはだけられた。

「おい」

顔中髭だらけの男が竹雪を睨みつけている。陽に灼けて黒々とした顔には何本も皺が刻み込まれていて、ある程度歳がいっているのを感じさせる。この男は英語を解し、話せるようだった。

貫禄たっぷりの態度から、仲間たちのリーダー格なのかと思われた。

男はトラックの横の鉄柵から顔を入れていた。鉄柵の幅は五十センチほどあり、隙間から出入りしようと思えば十分可能だ。柵というより幌《ほろ》をかけるための骨組みという方がふさわしいかもしれない。

「今夜はここで野営だ。念のために忠告してやるが、変な気を起こさない方が身のためだぞ。ここは砂漠の真ん中だ。次のオアシスまで二日はかかる。逃げても砂に埋もれて死ぬだけだってことを重々頭に刻み込んでおけ」

「僕を、僕をどうするつもりだ」

竹雪は相手に自分が恐れて怯《おび》えていることを悟られまいとして懸命になった。しっかりと男を睨み据え、下腹にぐっと力を込めて毅然とした声で聞く。

そうやって気力を殺《そ》がれていない様子を見せる竹雪が男には意外だったらしい。スッと目を細め、唇の端を面白そうに吊り上げる。

「活《い》きがいいじゃねぇか。綺麗な顔をしているが、中身はれっきとした男のようだな、おまえ。ますますアッザウルの族長への貢ぎ物にうってつけだぜ」

貢ぎ物という言葉に竹雪は、顔から血の気が引くのを感じた。やはり思った通り人身御供《ひとみごくう》にされようとしているのだ。アッザウルというのは砂漠に住むベドウィンの一部族だ。荒々しい性質の好戦的な部族で、しょっちゅう他部族と小競り合いを起こしては市民を恐々とさせているらしく、政府も手を焼いていると聞いている。そんな部族の族長に捧げ物として引き渡されれば、命の保証などどこにもないだろう。

「なぁにそう心配することはないさ」

太くて節くれだった指が竹雪の顎を掴み上げ、首筋をそろそろと撫でる。右手の薬指が第一関節から欠けているのが目の端に入った。いかにも荒くれたことをしてきた証《あかし》のように感じられ、ますます気持ちが委縮する。逆らいたいのだが、いざとなると勇気が出ない。腰抜けめ、と自嘲してなんとか自分を奮い立たせようとしても、思うようにいかなかった。今までずっと平和で安穏とした環境にしか身を置いたことがなかった人間が、突然冒険映画の世界に放り込まれたようなものだ。竹雪にはどんな特別な知識も技術もない。冷静でいることすら驚異的なことだった。取り乱さずにいるだけで精一杯だ。

男はニヤニヤ不気味にほくそ笑む。

「おまえはきっと族長の眼鏡にかなう。東洋にはこんな綺麗な肌と髪をした男がいるのかと惚れ惚れするだろう。アッザウルの族長は珍しいものが好きなんだ。そうやって族長を満足させておけば我々ウルファ族との小競り合いも減る。せっかく手に入れた品々を、奴らに強奪される恐れも今よりは少なくなるというものだ」

「僕が行方不明になれば、日本政府が黙っていない。国際問題になるぞ」

「そんなことは知ったことじゃないさ。突き上げられるのは国王だ。もちろん国王は必死になっておまえを探すだろうが、俺たちがおまえを攫ったという証拠はどこにもない。三人はおまえを誰にも見咎められずに運んできた。砂漠に出ればこっちのものだ。我々砂漠の民は国王ではなく族長に従う。そして族長は異民族嫌いで、どこまでも我々の味方をする男だ」

信じられない、嘘だ、と言い返したかったが、ここが自分の持っている常識では計り知れない場所だというのは痛いほどわかっていたので、反論できなかった。日本とはわけが違うのだ。部族や宗派による争いという観念さえ朧《おぼろ》げにしか理解していない。砂漠についてもまったくといっていいくらい無知だ。

「俺たちはおまえをせいぜい大事に扱ってやる。アッザウルの族長はここからずっと南にいる。あと三日は移動にかかるな」

その三日のうちに果たして助けは来るだろうか。

竹雪にはほとんど期待できないように思われた。刑務所に護送される囚人になったようだ。彼らはきっと今の竹雪と似た気分を味わうのに違いない。

「メタハット」

痩せ気味の男がやってきて、髭面の男に呼びかけた。後の会話はアラビア語でさっぱりわからなかったが、リーダー格の男はメタハットという名前のようだ。痩せ気味で土色の顔をした男は、竹雪を襲った三人のうちの一人だ。仲間のうちでは若い方だろう。竹雪は勝ち気な性格を露わにして男を睨みつけた。今の竹雪にできるのは、せいぜい睨むことくらいだ。だが、どんなに睨んだところで、相手は痛くも痒《かゆ》くもない惚《とぼ》けた顔をしている。悔しくてたまらなかった。

メタハットは痩せ気味の男と一緒にトラックを離れていった。

一人荷台に残された竹雪は少しだけ緊張を解く。

とにかく今晩はここで休むだけのようだ。助かるかどうかは明日と明後日にかかっている。

竹雪は肩と腰、膝を使ってどうにか上体を起こし、鉄柵に凭れかかった。

寝転んだ姿勢で水平方向ばかりを見ていたときとはまるで違う景色が、視界に飛び込んでくる。荒涼とした砂漠の中に、角が取れて丸く浸食された大岩が二つ、唐突に転がっている。石灰岩《せっかいがん》でできた白い岩だ。砂漠の砂と同じ色だった。大きさはちょっとした小山ほどもある。この岩陰が今夜の野営場所なのだろう。

男たちはそれぞれに自分の役目を果たしている。砂を掘って中に岩を置き、ラクダの糞《ふん》を乾かしたものを燃料にして焚《た》き火《び》を作る男。鍋に手で千切った材料を放り込み、木べらで掻き混ぜて料理をする男。

そういった作業の物音と、彼らの喋る声以外には、何も聞こえない。

どちらの方角を見ても延々と続く砂丘があるばかりで、周囲はしんと沈黙しきっていた。以前に誰かが「静かすぎて耳が痛い」と表現していたことがあったが、まさしくその通りだ。竹雪は気が遠のきそうな心地がして、思わず頭を左右に振っていた。

今はまだいいが、夜になったらどれほどの静寂が辺りを包むのか想像もつかない。無音の空間に一人取り残されることを考えると、気がふれてしまうのではないかと不安になった。

徐々に日が沈んでいく。

痩せ気味の男が竹雪にアルミの食器を持ってきた。食事をする間だけ手を解放してくれる。器の中にはコンビーフと玉葱《たまねぎ》をトマトソースで煮た食べ物が入っていた。スパイスが利いた独特の味がする。不味《まず》くはないが、口に合うとも言い難い。それでも竹雪は体力をつけるために黙って全部口にした。どれほど絶望していても、チャンスがあればきっと逃げ切ってみせるという意志はなくしていない。最後まで諦めたくなかった。

食べ終えた頃、完全に日が沈んだ。

予想以上の暗さに目が馴染めず、眉間の奥にずんと重い痛みすら感じる。

男たちは焚き火を囲んで陽気に飲み食いしていた。笑い声が大きく響く。飲んでいるのは味と飲み心地はビールとまったく同じだが、アルコール分が含まれていない飲料だ。竹雪も街で試しに飲んでみたので知っていた。特産ワインや本物のビールは高価なので、いつでもは飲めないのだろう。

再度後ろ手に縛られ直した腕が痺れてきたので、竹雪はゆっくりと体を倒し、荷台に横になった。

太陽の光が届かなくなった途端、肌寒さを感じる。荷台の上でじっとしていると、誰かが軽々とした身のこなしで上がってきた。暗いので誰だか不明だが、たぶんあの痩せ気味の男だろう。メタハットは彼を竹雪の見張り兼世話係にしたようだ。

男は迷いのない足取りで竹雪や積み荷の間を通り、隅の方に積み上げられていた毛布を取ってきて竹雪の体に掛けてくれた。アッザウルの族長に引き渡すまでは風邪をひかせないように配慮したのだろう。そう考えると、ありがたいと単純に喜べない。竹雪は深い溜息を吐いた。

毛布の中に頭まで潜り、目を閉じる。

いろいろありすぎて、今後を思い煩《わずら》って、なかなか眠れそうにない。

激しい孤独が竹雪の全身を包み込み、声を上げて泣きたい気分にさせた。それを堪えて胸の内に押し止められたのは、ひとえにプライドがあったからだ。

負けるもんか……！

きっと兄や大使が探し出し、助けてくれる。

今はそのことを信じて待つしかない。竹雪は気持ちを強く持ち、諦めるまいと心に決めた。

V

翌朝、朝日とは思えないほど強烈な日差しが東の空を切り裂いてきたのと同時にキャラバンは移動を開始した。

夜は寒さから身を守る毛布、昼は照りつける日光を遮る顔布が離せない。

朝の食事に天火で焼いた堅いパンとラクダのミルクをもらった。堅いパンはミルクの中に落とし込み、ふやかして食べるのだと教えられ、その通りにしてみた。そうすると石のように硬かったパンも柔らかくなる。悪くなかった。

竹雪《たけゆき》の世話役の男は無慈悲ではないようで、竹雪がおとなしい素振りを示すと、朝食の際に自由にしてくれた手首をそのままにしておいてくれた。どうせ昼間の移動中は逃げられないと踏んでいるのだろう。確かに竹雪も、逃げるのなら夜だと思っていた。

手が使えれば体を支えられるのでずいぶん楽になる。ガタガタ揺れるトラックの荷台にいても、鉄柵に掴まってやり過ごせるので必要以上に体を痛めずにすんだ。

行けども行けどもクリーム色の砂漠しかない。砂漠には多少の起伏はあれども、遠目にはほとんど真っ平らだ。まるで砂の海だった。

地平線の上にはくっきりと晴れ渡ったブルーの空が広がっている。ときどき絵筆が掠《かす》ったような薄い雲が浮いていた。

風は粒子の細かい砂を含んでいて、目に入ると痛い。うっかりしていて何度も涙が出た。体中がザラザラと砂っぽく、髪も汚れてしんなりしてきている。毎日欠かさずお風呂に入るのが当たり前の生活を送ってきた竹雪は、シャワーが浴びたくてたまらなかった。

正午が近づくにつれて日差しはますます強くなった。三百六十度遮るものがないので、風も光も容赦なく一行を叩きつける。竹雪はしっかりと黒布を肌に巻き付け、喉の渇きに堪えた。水は貴重だ。それに飲み過ぎると逆に体が辛くなる。

途中に大男が蹲《うずくま》っているような形の大きな岩が現れた。

一行は巨大な岩の陰でラクダを休ませ、昼の準備にかかる。竹雪を乗せたトラックも日の当たらない場所に停められた。今度はいっきに体が涼しくなる。この極端な温度差には驚くばかりだ。気をつけていないと体調を崩してしまいかねない。

昼食の後、男たちは交代で午睡を始めた。

竹雪の傍には常に誰かがいる。相変わらず手は自由にされていたが、監視の目を盗んで足首にかけられた縄を解《ほど》くのは難しかった。結び目の固さ、複雑さを確かめて憂鬱《ゆううつ》な気分になっただけだ。竹雪の指ではとうてい歯が立ちそうもない。どうにかして調理用のナイフを手に入れられないだろうかと、そっちの手段を講じる方がまだ現実味があった。

竹雪もいつの間にかうとうととしていたらしく、はっと目を覚ますと車はすでに走り始めていた。荷台の鉄柵に幌《ほろ》がかけてある。おかげで日陰ができ、ずいぶん楽になっていた。

ガタガタと積み荷がぶつかり合って音をたてる。

なんだかもうずいぶん長いことこうして、どこに着くともしれない旅をしている錯覚に襲われる。時間の感覚も空間の感覚も曖昧《あいまい》だからだろうか。世界には砂漠と青空しかなく、このずっと東の果てには、鉄とガラスと石でできた超高層ビルが林立する大都市があるなど嘘のようだ。

熱い砂と空虚な空間が、竹雪からじわじわと生きる気力や実感を吸い取っていく気がする。

だめだ。

竹雪は目を閉じ、兄や義姉、日本にいる父母の顔を脳裏に浮かべた。

絶対に帰ると心に誓ったはずなのに、一度もチャンスを摑まないうちからもう諦観《ていかん》にとらわれている自分が情けない。どうすれば決意を保ち続けていられるのだろう。こんなにも自分は甘ったれだったのかと思い知らされた気分だ。

誰かに叱咤してほしかった。

しっかりしろ、と怒鳴りつけてもらいたかった。

竹雪はどうにか気を取り直すと、少しでも前向きになれるように顔を上げ、トラックの後部から遠ざかっていく景色を眺めた。ほんのちょっとでも目印になりそうなものがあれば、覚えておかないと。そう思い、真剣な眼差しを向ける。こうやってなんでもいいから自分に課していなければ、本当に無気力になってしまいそうだ。それが一番怖い。

鈍いエンジンの響きに耳を傾けつつ遙か彼方を見つめた。

砂漠の人は桁違《けたちが》いに目がいいと聞いたことがあるが、それもわかる。見つめようと思えばどこまでも遠くを見つめられるのだ。視界を遮るものがない。本当に、何もないのだ。建物はもちろんのこと、自然の造形である山すらもない。

じっと遠景を凝視しているうちに、ふと、黒い豆粒のようなものが見えたように感じて、竹雪は目を細めた。視力は悪い方ではないが、自信がなかった。気のせいか、と思ったのだ。先程まで何もなかったところに不意に何かあるように見えたのは錯覚である可能性が高い。

目を痛いくらい凝《こ》らして、影が見えたと思った部分を見つめる。

なんだろう。

錯覚ではない。

確かに黒いものが見える。しかも、少しずつ少しずつ大きくなっていくようだ。

豆粒くらいだったものが、目の錯覚などではなく現実にこちらに向かって近づいてきている何かだと確信したとき、男たちも気づいたようだ。前方にいたメタハットがラクダの向きを変え、トラックの後ろに回り込む。トラックに併走していた男もメタハットの横に来た。トラックはそのまま走り続けたが、メタハットと体格のいい男はしばしその場に立ち止まり、近づいてくる何者かを見定めようとしているようだった。

二人の話し声が五十メートルほど離れても聞こえてくる。砂漠では、そのくらい音の通りがいいのだ。これも竹雪が驚いたことのひとつだ。

緊張した会話の応酬が竹雪の身まで硬くさせた。

そうしているうちにも、黒い影はどんどん大きくなる。

立ち止まって影の正体を突き止めようとしていたメタハットたちが、いきなりラクダを前に向かせ、先に行っていた一行を追いかけてきた。本気で走らせるとラクダも結構なスピードで走る。たちまちトラックを追い越し、声高に叫び声を上げる。その声には幾ばくかの恐れが窺《うかが》えた。

メタハットはスピードを上げろ、と一行に命じたらしい。いきなりトラックの速度が増した。おかげでただでさえ息切れしかけていたおんぼろトラックは、ますます苦しげなエンジン音をたて始めた。揺れもひどくなり、竹雪は慌てて鉄柵に摑まる。

彼らにとって好ましくない事態が起きつつあるようだ。

それが竹雪にとってはいいことなのか悪いことなのか不明なので、竹雪も安穏とはしていられなかった。もっと悪い事態にならないとも限らない。

影はもうはっきりとしてきていた。

馬だ。見るからに健脚そうな馬が信じられないような速度でこちらに駆けてきている。馬上にいるのは白いカフィーヤを被り、さらに目から下を顔布で覆った男だ。肩幅の広くて逞《たくま》しい、遠目にも凛々《りり》しさが際立つ男だった。

美しいのは馬を駆る男だけではなく、彼の黒馬もだ。足の跳ね上げ方、首の振り方、たてがみのしなやかさ。素晴らしすぎて目が離せない。

白くて裾の長いカフィーヤが、計算し尽くされた絵のような線を描いて風にたなびく。前屈姿勢を取った男は、さながら砂漠の蜃気楼《しんきろう》が見せる幻の勇者のようだ。竹雪は目を瞬かせた。現実だろうか。昨日もこの突然の不幸を映画みたいだと思ったが、今のこの光景はそのときの比ではないくらいもっと非現実的だ。

竹雪が呆然として彼と馬を見つめているうちに、両者の距離は確実に縮んでいた。

もう、数メートル先に彼がいる。

そしてさらに近づいてくる。

馬上の男は近くで見れば見るほど立派だった。民族衣装のような変わった服を着ている。着物のように前身頃を交叉《こうさ》させてサッシュベルトで留め、さらに革ベルトを締めている。腰に下げているのは大振りのナイフだ。竹雪はぞくっとした。この男も盗賊だろうか。

よく顔を見ようとして上げた視線が男と絡む。

目と目を合わせた瞬間、竹雪の全身に得体の知れない震えが走った。睨《ね》めつけるようにこちらを見据える青い瞳。全身が呪縛されたように固まる。まず、畏怖の念が湧いた。次に、奇妙な懐かしさを覚えた。自分でもわけがわからない。そして、体の芯を火で炙《あぶ》られるような熱に、息も詰まりかけるほど身が震えたのだ。

竹雪と彼が視線を交わらせていたのはほんのわずかの間だけだった。

気がつくと彼はトラックの脇を走り抜けていた。

逃げるように先頭を行くメタハットにもたちまち追いついたようだ。

「メタハット！　止まれ、メタハット！」

彼が圧倒的な威圧感を持つ声で命令すると、驚いたことにトラックはぐっと速度を落とした。前のラクダ隊が彼の言う通りに止まったからだろう。

すぐにトラックも停まる。

竹雪は幌の隙間から外の成り行きを覗き見た。

彼がひらりと馬から飛び降りる。長身だ。均整の取れた見事な体型をしている。同じ男として羨望を感じずにはいられない理想的な体躯の持ち主だった。

メタハットもラクダを降りて近づいてくる。その歩みには隠そうにも隠しきれない恐れ、できればごまをすってでもこの場を穏便に済ませたいという小狡さと卑屈さが感じられた。

「よう、ザイード、『砂漠の鷹《たか》』。久しぶりだな」

「まったくだ。ちょっと会わないうちに、またあくどいことに手を染めたようだな」

二人の会話は英語だった。

彼の名はザイードというらしい。盗賊の頭であるメタハットを相手に平気で辛辣《しんらつ》なことを言うあたり、ずいぶん肝が据わっている。互角の人数を率いているのならばまだしも、たった一人で六人を相手にしても負けない自信があるのだろう。ザイードはまったく臆《おく》さず、むしろ余裕を見せつけてさえいた。早くこの場を切り上げたがっているのは、メタハットのようだ。『砂漠の鷹』という呼称は、いかにも彼に相応しい響きを持っていた。

「あくどいことなんかしちゃいないさ…」

メタハットは言い訳がましく語尾を濁す。ザイードにはどんな隠し事もできないと恐れているようだ。いったいザイードという男は何者だろう。いつも一人で砂漠を駆け巡っているのか、もしくは普段はもっと多人数を率いているのか。どちらにせよ、ここまでメタハットが苦手そうにするからには、過去によほど手痛い目に遭わされた経験があるに違いなかった。

「ほう」

ザイードの青い目が疑い深く眇《すが》められた。白い布に覆われた顔は、目以外にまったく表情がわからない。自然、竹雪はザイードの目を注視する。布地を通してでは声もくぐもりがちで、感情を読むのは難しそうだからだ。

次のザイードの言葉で、竹雪はドキリとした。

「それじゃあ、あの荷台の積み荷はなんだ」

急に激しく動悸《どうき》がする。

この瞬間から二人の会話は他人事《ひとごと》ではなくなった。メタハットの受け答え次第、ザイードの胸三寸《さんずん》で、竹雪の身にどんな変化がもたらされるかわからない状況になったようだ。

「ああ、あれは、族長の客だ」

メタハットはぬけぬけと言い抜けた。

「俺たち遊牧民の文化を学びに来た東洋人で、イスマイール旅行社のアダムの紹介で砂漠を案内しているところさ」

違う、嘘だ、と幌の隙間から声を張り上げそうになったときだ。

いきなりトラックの荷台が揺れ、痩せ気味の男が乗り込んできたかと思うと、腰の短剣を抜いて竹雪の首に突きつけてきた。

ひっ、と喉が凍る。

男は恐い目をして竹雪を睨み据える。よけいなことを喋ると刺す。その目は明らかにそう語っていた。

どのみち竹雪には、ザイードも敵か味方か定かでない。助けを求めてもかえって窮地に陥るはめになるかもしれず、一か八かの選択なのだ。自分の勘では盗賊団に捕らわれているよりザイードに連れていかれる方がまし、という気がするが、それは彼の見事な体躯や馬を駆ってきた姿に惹かれているだけかもしれず、彼の本質を見極めた上での判断とは違っていた。人を見かけで判断するのは危険だ。実はザイードは血も涙もない残虐な性格かもしれない。だからメタハットも当たらず障《さわ》らずといった態度を取っているとも考えられるのだ。チラリとでもその可能性を考えると、どっちか決めるにも勇気がいった。

「なるほど」

幌の中で竹雪がどんな脅《おど》しを受けているのかになどまるで気づいていない様子で、ザイードはゆっくりと答えていた。竹雪は突きつけられたナイフからじわじわと視線をずらし、もう一度幌の隙間に目を凝らす。

「一瞬女かと思ったが男のようだな。男ならば確かに、攫ってきてどこぞの敵対部族の長《おさ》に賄賂《わいろ》代わりに献上しようという腹とも思えない。メタハット、おまえの言う通りなんだろう」

「当たり前だぜ、ザイード。俺があんたにでたらめを言ったことがあったか？　この前だってザルドの連中が観光客相手にぼったくり商売をしていたのを教えてやっただろうが。あんたはあの一件で役人からたんまり褒美をもらったっていうじゃないか」

「ふん」

ザイードは不敵に鼻を鳴らした。

「まぁいい。珍しいものを運んでいるようだったから興味を引かれて呼び止めたが、そういうことなら俺の出番はなさそうだ」

そう言うとザイードは踵《きびす》を返す。

おとなしく傍らで待っていた馬に歩み寄っていったので、てっきりまた馬上して去っていくのかと思いきや、鞍《くら》に取り付けた麻袋を開け、中からボトルに入ったワインを二本出し、一本ずつ無造作にメタハットに投げ渡した。

ラベルを確かめたメタハットがヒュウと口笛を鳴らす。

「こいつはすげぇや。あんたいったいいつもどこでこんな酒を手に入れてくるんだ。密輸品か」

「密輸品だ」

ザイードはあっさり認める。目はまったく笑っていないが、声の調子は機嫌よさそうだった。

「特別なときにしか出さない俺の心づくしの品だ。よけいな勘繰りをして隊列を止めて悪かったな。それで勘弁してくれ」

「ああ、いいだろう。なに、勘違いは誰にだってあることさ。俺は全然気にしちゃいないぜ。だがこいつはあんたの気持ちと思って受け取ろう」

「そうしてくれると助かる。俺たちはたまに敵対することもあるが、たいていの場合協力し合う仲だ。そうだろう、兄弟？」

「おうよ」

ここぞとばかりにメタハットが胸を張る。手にはしっかりとワインの瓶を持っていた。よほど酒に飢えていたのか、本気で嬉しそうだ。

「それじゃあな。道中気をつけろよ」

今度こそザイードは鐙《あぶみ》に足をかけ、身軽に馬の背に乗った。

ブルル、と馬が鼻を鳴らす。あれだけ見事な走りを見せても、まだまだ体力十分で元気に走りそうだ。

ザイードが来た方向に引き返していく。

それを見定めた途端、その場で固唾《かたず》を呑んでいた全員がホッと緊張を解いたのがわかった。ざわざわと低くしたアラビア語が行き交う。竹雪にナイフを突きつけていた男も肩の力を抜き、ナイフを鞘《さや》にしまった。そして、念押しするように竹雪に警告の眼差しを向け、トラックから飛び降りていく。

トラックがエンジンをかけて走りだした。

一行の移動が再開される。

思わぬ土産品を手に入れたせいか、皆陽気になっていた。何事もなく切り抜けられた安堵もあるのだ。

いったい何者だったんだろう。

先程より速度を落として走るトラックに揺られつつ、竹雪はザイードのことを考えた。

あの堂々とした振る舞い。メタハットよりずいぶん若々しい体つきをしていたが、貫禄と威厳は比ではなかった。

顔布の下に隠された素顔はどんなふうだったのか。

青い瞳が竹雪の脳裏に焼きついている。澄みきった綺麗な碧眼《へきがん》だった。どこかであの目と似た瞳に出会った気がするが、思い出せない。喉元まであれだ、と出かけているのに、もう一押し足りなくて浮かび上がらせられないのだ。

何にしても、ザイードは去った。

竹雪を助けてくれるような人間は現れない。今頃きっと兄は血眼《ちまなこ》になって竹雪を捜しているはずだ。なんとかしてここにいることを伝えられないものなのか。竹雪はじりじりした気分になり、砂にまみれてすっかり汚れた髪をぐしゃぐしゃに掻き混ぜた。今夜もまた砂漠で野宿するのかと思うと、寂しくて辛くて怖くて泣きたくなる。柔らかなベッドが恋しかった。軟弱者と誹《そし》られても、本音だから仕方がない。竹雪はしょせん、贅沢に慣れきった旧華族のボンボンなのだ。今まではそんなふうに言われると反発してきていたが、今のこの体《てい》たらくを見れば、恥ずかしくてとても否定できなかった。

ザイードの突然の乱入以降は、何事もなく一日が終わろうとしている。

昨日と同様に、日が暮れ始めるとキャラバンは野宿できる場所を決めて進行をやめた。今夜の野営地には緩やかな砂の起伏があるだけで、岩はない。男たちは砂の上に大きなドーム状のテントを張り始めた。今夜はその中で寝るのだろう。砂の上にキリムを三枚繋ぐようにして敷き、その上をテントで覆う。テントの前には焚き火の竈《かまど》ができ、夕食の準備が平行して始まっていた。さすがに誰も彼も慣れていて手際がいい。

何もせずに相変わらずトラックの荷台に積まれたままの竹雪は、そろそろ手足を伸ばして動き回りたくてたまらなかった。ずっとこのままでいると、足が立たなくなりそうだ。しかし、メタハットは竹雪の要求になど耳を貸しもしない。逃げるのではないかと警戒しているのかもしれない。明日には族長に引き渡すから、族長に頼め、などと言って底意地悪く笑うばかりだ。

食事の準備が整うと、宴会が始まった。

今夜はザイードから手に入れた密輸ワインがあるので、火の周りで陽気に歌い踊り、歓声を上げる。

寒さに震えながら毛布にくるまっている竹雪の元にも、いつもの世話係の男が食事とコップ一杯のワインを持ってきたが、竹雪は食事の器だけ受け取り、ワインは断った。飲めるなら飲んで酔っぱらいたい気分だが、まったくといっていいほどアルコールを受けつけない体なので、飲めば後が悲惨だ。舐めただけでも翌日の二日酔いは免《まぬか》れない。吐いて吐いて苦しんだ記憶も残っているので、どうしても飲む気になれなかった。

男たちの騒ぎは続いている。

皆、饒舌《じょうぜつ》で、実に愉快そうにしていた。久しぶりの酒が男たちに解放感を与え、気を緩めさせたのだろう。

一時間あまり陽気な喋り声や歌声が満ちていたが、ふと気がつくと、静かになっていた。

食事をした後、うつらうつらしていた竹雪がハッと意識をはっきりさせたのは、周囲があまりにも不気味に静まりかえっていたせいだ。

つい今し方まで宴会が行われていたはずなのに、と不自然に思い、両腕を立てて這っていき、トラックの後方から外を確かめる。もしかするとここに取り残されてしまったのではないかという、ありえそうもない不安まで感じてきた。逃げたいとは切望していたが、いきなり放置されるのでは納得できない。

外は鼻を摘《つま》まれてもわからないほどの闇だった。今夜は月が出ていない。月のない夜は星の瞬きも鈍かった。雲がかかっているのかもしれない。

焚き火は消えている。

おかしい。彼らは絶対に交代で火の番をしているはずなのだ。昼でも夜でも、移動するまで決して焚き火の火は絶やさないのが、連中のやり方だった。

何か変事が起きたのだ。

竹雪は足首を括られたまま四つん這いになった恰好で、ぶるっと身震いした。

どうすればいいのだろう。今なら逃げられそうだ。だが、足は？　足の縄を切るナイフはどこにあるのだろう。こうも暗くては何もできない。

そのとき、すぐ近くで微かな衣擦れの音がした。

「だ、誰っ？」

竹雪が叫ぶと、何者かが「シッ」と窘めてきた。

「……兄さん……？」

そんなわけはなかったが、他に思い当たる相手もいなかった。

相手は無言だ。

怖くなって、竹雪はそろそろと後ろに後退《あとずさ》りかけた。するとそこにいきなり腕が伸びてきて、胴を捕まえられる。

「いっ、嫌だっ！」

また何者かにどこかに連れ去られるのだと思い、竹雪は恐慌を来した。自由になる腕を闇雲に振り回す。竹雪には相手がぼんやりとした輪郭《りんかく》でしか見えないが、相手には竹雪がはっきりと見えているようだ。何をしてもかわされる。竹雪は相手の体に一筋の傷をつけることもかなわず、あれよあれよという間に荷台から抱き上げられていた。

「嫌だ、放せ。放せよ！」

「うるさい、静かにしろ」

低いがドスの利いた声で怒られ、竹雪はたちまち心臓を縮ませた。大きな声で怒鳴りつけられたわけでも、暴力を振るわれたわけでもなかったのに、恐ろしいまでに迫力があった。

竹雪は唐突に昼間の男、ザイードを思い出した。

「ザ、ザイード……？」

頼りない声で聞いてみたが、無視された。だが、違うと否定もしないところから、竹雪は今自分を抱きかかえて歩いているのはザイードに違いないと確信した。

どうして。今度はどうなるんだ。

頭の中は混乱しきっている。

竹雪は泣きそうな思いで訴えた。羞恥や矜持《きょうじ》など感じている余裕はすでにない。とにかく無事に帰ることが先決なのだ。後のことは全部それからだった。

「お願いだから、僕を元いた場所に帰らせてよ。もう引き回されるのは嫌だ」

「うるさいと言っている」

男は竹雪の泣き言を無視して冷淡に言い捨てる。布地越しで不明瞭な声は、確かに昼間聞いたザイードの声だ。取りつく島もなく、竹雪は納得できないまま口を噤まざるを得なかった。

この男の目的はなんなのだろう。

やはり昼間、目をつけられていたのだ。一見友好的な態度を取っておきながら、その実胸の内では夜が更けて連中が寝入ったら、竹雪を攫うつもりだったのである。竹雪は男のしたたかさ、狡さに舌を巻く。今度の相手はザイード一人かもしれないが、メタハットたちよりもさらに逃げにくい相手だと思って憂鬱になった。事態はどんどん困難になっていく気がする。このまま一生日本に帰れないのではという不安が頭の片隅を掠《かす》めた。

ザイードは逞しい腕で竹雪をしっかりと抱いたまま、暗闇の中を迷いのない足取りで三百メートルほど歩いた。

そこで待っていたのはザイードの黒い馬だ。

いったん竹雪を冷えた砂の上に下ろしたザイードは、顔布を下げて取り去った。

すでに暗闇に慣れていた竹雪は、ザイードの素顔を見た途端、あっ、と声を上げそうになった。尖った鼻梁、緩く癖のついた長い髪。そして、この体格。細部ははっきり見えなくても、この輪郭は……。

「あなた――！　あの、同じキャビンだった人？」

間違いない。竹雪はにわかには信じられなくて、唖然としたままザイードの顔を穴が空くほど見つめ続けた。青い瞳の記憶も彼だったのだ。なぜすぐに思い出せなかったのか不思議でならない。あれほど印象に残る男だったのに、よほど盗賊団に取り囲まれて気が動転していたとしか思えない。

「乗馬の経験は？」

またしても竹雪の言葉を無視してザイードは聞く。

やはりだ。この声。絶対にザイードはあのとき強引に竹雪の隣に座りに来て、あれこれと話しかけてきた乗客に違いなかった。

なぜ返事をしないんだろう。否定もしないということは、隠す気はないということだ。男の一方的な態度に腹が立つ。だが、ザイードの語調は鋭く、逆らうことを許さない迫力に満ちていたので、竹雪はいろいろと言いたいことや聞きたいことがあるのをぐっと我慢して、不平そうにしながらもこの場は頷いてみせた。

「普通に乗る程度なら」

ザイードは竹雪の返事を聞くや、いきなり腰から短剣を抜いた。ギョッとして身を竦ませる竹雪になんの説明もせず、足首を縛っていた縄を一太刀でぶつっと切る。

「いいか」

ナイフを腰にしまいながら、ザイードは一段と凄みのある声を出した。

「逃げようなどとは決して考えるな。おまえはこの先俺と一緒に来るんだ。でなければ命の保証はしない」

声も恐ろしかったが、暗闇でも爛々《らんらん》と底光っているような目つきが竹雪を怯《ひる》ませ、がくがくと人形のように首を縦に振らせていた。逆らえば本気で殺されかねない――そんな不穏な気配を肌で感じる。

恐ろしさに身を硬くした竹雪に、さすがのザイードも少々脅しすぎたと思ったのか、フッと口元を緩めた。

「ほら」

手を差し出される。

竹雪はおそるおそるザイードの手に摑まった。ずっと括られっぱなしだったおかげで、足が思うように動かせない。このままでは、ザイードの手をはね除《の》けても自分だけで立ち上がれるかどうか覚束《おぼつか》なく、虚勢を張ってへたに恥をかくより、最初から潔く身を任せる方がましだと考えたのだ。

ザイードは力強く竹雪を引き立たせると、腰を抱き支えたまま馬の鐙に足をかけさせた。

「いいか？」

うん、と竹雪が頷くや、タイミングよく右足裏に手をかけ、弾みをつけて馬上に押し上げてくれた。竹雪は難なく黒い毛のアラブ馬の背に跨《また》がった。続いてザイードが竹雪の後ろに乗ってくる。

二人の体はぴったりとくっつき合う形になった。竹雪の背中にザイードの胸板が触れている。抱かれているときから感じていた体温と張り詰めた筋肉をまともに背で感じ、竹雪は柄にもなくカアアッと頬を上気させた。男同士、何がそんなに恥ずかしいのか、自分でもよく説明できない。ただ、なんとなく平静でいられないこそばゆさ、面映《おもは》ゆさがあったのだ。

ザイードが手綱を取り、「行くぞ」と声をかけてきた。

脇腹を蹴られた馬は緩やかに走りだす。

砂を踏みしめて駆ける音が、しんとした無音の闇に響き渡った。

真夜中の砂漠を馬で駆けている。

地面が見えないので、まるで飛んでいるような錯覚を受けた。あの、どこかの遊園地にある屋内ジェットコースターと同じ感覚だ。

「しっかり掴まっていろ。落ちるなよ」

ザイードは左手で手綱を操り、右腕を竹雪の腹に回してぐっと強く自分の体に抱き寄せる。

「ザ、ザイード……！」

密着度の大きさに竹雪は狼狽《うろた》えた。尾てい骨《びこつ》の辺りにザイードの中心が押しつけられている。誰かとこんなに強く体を寄せ合ったことはかつてない。当惑して声が上擦る。

「なんだ？」

だが、焦っているのは竹雪だけで、ザイードはなんとも思っていないらしい。馬に相乗りするときにはこれが当然という感じだ。深い意味などまったくなく、こんなことで動揺する竹雪が不可解らしい。

「どこに行くの。僕をどうするつもり？」

仕方なく竹雪はそう訊ねることでごまかした。

ザイードはふんと鼻を鳴らしたきり返事をしない。どうするつもりかはっきり決めもしないで強盗団から獲物を横取りするような真似をしたのだろうか。もしそうなら、竹雪はザイードの剛胆さ、なりふり構わぬ強引さに目を瞠ってしまう。

「もしかすると、機内から僕に目をつけていた？」

沈黙が嫌で、竹雪はどんどん話しかけた。少しでもザイードの目的が見えてこないかと考えたのと、単に気詰まりだったせいだ。いくら英語を話せてもメタハットとは会話する気になれなかったが、ザイードとはもっといろいろな話をしてみたかった。機内で少し声をかけられていたこともその気持ちを後押しする。

国際線のファーストクラスで、見るからに高級な仕立てのスーツを完璧に着こなしていたザイードの姿を思い出す。まさか、砂漠で盗賊まがいのことをしている男だとは思いつきもしなかった。確かに普通のビジネスマンとも思えなかったが、せいぜい俳優か芸術家かその辺りの想像を超えていなかった。しかし、実際の彼は腕っ節の強そうな盗賊団の頭も一目置くような、『砂漠の鷹』と称されるほどの賊なのだ。自分の判断力がさっぱり当てにならなくて、頭がくらくらしてくる。

「おまえはやっぱりあのワインを飲まなかったんだな」

竹雪の質問には答えてくれなかったが、代わりにザイードからも話しかけてきた。

「機内でも断っていたから、きっと注がれても飲まないだろうとは思っていたが。もし飲んでいたらこうして攫ってくるのも一苦労だった。あのワインには睡眠薬を入れてあったんだ」

やはり最初からすべて計画した行動だったのだ。いつからその計画を立てていたのかは知らないが、こんなときのためにと睡眠薬入りの密輸ワインを用意しておく周到さ、したたかさには驚くしかない。

ザイードは自分の手際の良さを威張るでもなく、淡々と続けた。

「意識のない人間は石のように重い。アスランの背に跨らせるのにも手間取っただろう。おまえがお子様で助かった」

「お、お子様？」

ザイードの言い方に、竹雪は状況も忘れてカチンときてしまい、抗議の声を上げて背後を振り返ろうとした。途端に体がぐらりと不安定に傾《かし》ぐ。

「ばか！」

支え手がなかったなら、バランスを崩して走る馬の背から落ちていたかもしれない。ザイードは忌々しく、そして呆れたように竹雪を叱った。

「急に後ろを向くやつがあるか。なんて面倒なガキだ。おまえみたいに無鉄砲で考えなしで頭の悪いやつをお子様と言って、どこが間違っている。少しは分を弁《わきま》えろ」

「そ、…そんな……っ、そんなことを僕に面と向かって言うのは、あなたくらいだ……！」

怒りのあまり口がまわらない。竹雪はしどろもどろに抗議しようとしたが、ザイードはまったく取り合わなかった。

ザイードの愛馬アスランの足は強く、走りにはまったく淀《よど》みがなかった。いくら竹雪が平均よりずっと細いとはいえ、男二人を乗せているとは思えないほど砂漠を軽やかに駆け抜ける。

「もうすぐ俺の砦《とりで》だ」

どのくらい走った頃だろう。ザイードが唐突に教えた。

前方に目を凝らす。じっと見つめているうちに、ぼんやりとだが物の影を輪郭で摑めてきた。

この辺りは隆起した砂が延々と続く砂丘地帯ではなく、大小様々な岩がごろごろとした、岩の砂漠のようだった。四方一帯、目印もない砂漠の中に突如として出現した岩山の塊に、竹雪はただ呆然と瞳を見開いた。お椀《わん》を伏せたような丸い岩、キノコのように奇妙な形に浸食された岩、台形の岩――。

ザイードが目指すのは、縦長にそびえ立つ大きな岩のようだ。近づくにつれ、岩には縦に亀裂が入っていて、中が空洞のようになっているのがわかった。これも自然が造った造形らしい。

ザイードは砦の前で馬を止めると、あっという間に背中から飛び降りた。

「来い」

竹雪に向けて両腕を差し伸べてくる。

竹雪は躊躇う暇もなくザイードの腕に摑まり、馬から降りるのを助けられた。強情を張ってもいつまでも馬の背から降りられないと自覚していたのだ。

「いい子だ」

そんな竹雪の内心の悔しさにも頓着せず、ザイードは含み笑いしながらあくまでも竹雪を子供扱いする。いや、おそらくは、子供扱いする振りをしてからかっているのだ。竹雪にも少しずつザイードの気持ちが汲み取れてきた。

ついて来い、と顎をしゃくられ、竹雪は不承不承ながらにザイードの背中を追った。ここはおとなしく彼の言うことを聞くしかない。竹雪には自分の現在いる場所がどこなのかさっぱり見当もつかなかった。どちらを向いても砂と岩しかない土地を、方角もわからず逃げるほど命知らずにはなれない。

岩の隙間は思っていたより大きい。肩幅のあるザイードが悠々と通り抜けられるほどだ。

出入り口付近にもちょっとした空間が広がっていたが、ザイードはさらに奥へと進んでいく。通路は右にカーブしていた。ここまで来ると外とは違う別の闇が広がっていて、竹雪の足を竦ませた。それを察したのか、ザイードが馬の鞍から外してきた麻袋から蝋燭《ろうそく》を出し、火をつけて周囲を照らし出してくれた。

中はひんやりしていた。石室のようなものだろうか。空気も乾いていて、通風が盛んなようだ。それでもよくよく注意すると、なにか香でも焚きしめていたのか、オリエンタルな香りが通路に微かに残っていた。

しばらく歩くと、また前方がいきなり開けた。

今度の空間は出入り口の手前より何倍も広い。竹雪はもう少しで「うわ」と声を洩らすところだった。

石灰石の白壁が周囲を取り囲み、床には乾いた砂が絨毯のように敷き詰められている。砂は粒子の細かなさらさらした砂で、この辺一帯の砂とは異なっているように思えた。たぶん、わざわざどこからか運び込んできたのだろう。

――この男、何者だろう。

また同じ疑問が頭に甦る。絶対にただ者ではないはずだ。こんな真似ができるからには、よほど力があるに違いない。

竹雪が考えを巡らせながらぼんやりと突っ立っている間に、ザイードは一番奥まったところに手際よく焚き火を作った。焚き火をする場所はいつも決まっているらしく、周辺の岩が炭《すみ》で黒ずんでいた。煙の抜け道もあるようだ。

焚き火のおかげで洞窟内の明るさが増す。

「そこに座って待っていろ」

そこ、とザイードが手で示した場所には、手の込んだ模様が織り込まれた美麗なキリムが敷いてある。

「あなたは?」

ザイードが通路へと引き返しかけたので、竹雪は慌てて呼び止め、訊ねた。ここで一人にされるのが急に不安になったのだ。正直に言うと、寂しさもあったかもしれない。

「俺はアスランを岩陰に繋いで餌と水を与えたら戻ってくる。心配しなくてもおまえを置いてどこかに行きはしない」

「あ、ああ……そう。べつに僕は心配なんてしてなかったけど。ただ聞いただけだ」

「そうか」

フッと男がおかしそうに苦笑する。

ガキめ、とまた心の中で笑われたようで、竹雪はカッと赤くなった。きまりが悪い。なんだってザイードは竹雪をこうもムキにさせるのか。毎回毎回、軽くあしらわれて含みのある顔つきで笑われると、なんだか馬鹿にされているようだ。

僕だっていっぱしの大人なのに！

竹雪は去っていく背中を睨みつけ、腹立ち紛れに示されたキリムの上に座り込んだ。

座ってもしばらくは憤懣《ふんまん》が去らずに苛々して落ち着けなかったのだが、静かな中に一人きりで戻ると約束した男を待っているうち、人恋しさが募ってきて、怒りは忘れた。代わりに会いたい人の顔が次々と脳裏に浮かんでくる。

兄の篤志《あつし》。義姉の政子《まさこ》。楠木《くすのき》大使。ムスタファ。

帰りたいと強く思ってじわりと涙が湧いてくる。泣くつもりはないのに、涙腺が勝手に瞳を湿らせたのだ。

ごし、と瞼を手の甲で擦る。

「い、痛っ……」

砂で汚れていた手の塵《ちり》が目に入ったらしい。ますます涙が湧いてきた。

「おい」

背後から肩を摑まれる。

最悪のタイミングだ。

竹雪は体を捩ってザイードの手を振り払い、「なんでもない！」と突っぱねた。涙声になるのは仕方がなかったが、なんとも情けないことになった。

「目に塵が入っただけ」

それは紛れもなく事実だったが、なんだか言い訳じみて聞こえた。竹雪自身そう感じたくらいだから、ザイードは完全に言い訳だと思ったことだろう。

「見せてみろ」

「あっ！」

ザイードが強引に竹雪の顎を摑み、顔を上向かせる。

竹雪は濡れた瞳でザイードを恨みがましく睨んだ。

すぐ横の平たい岩場に立てられていた蝋燭の火が揺れて、ザイードの瞳が海の底を覗き込んだときのようにゆらゆらして見えた。

真摯な瞳が竹雪を黙らせ、がっしりと心の奥にまで気持ちが入り込んでくる。

決して悪意があってからかうわけではない。意地悪するわけではない。理由もなくそう信じられた。これは青い瞳の魔法だろうか。

ザイードが竹雪の顔にすっと唇を近づけてくる。

竹雪は目を閉じるのも忘れ、ザイードの端整な顔を見つめていた。飛行機の中でも思ったが、男らしく凛々しい、綺麗な顔だ。こんな男に間近に迫ってこられると、男の竹雪も胸がどきどきしてくる。

ザイードの両手は竹雪の頬を包み込むようにしていた。竹雪はすぐにそのことに気づかなかったほど瞳の虜《とりこ》にされていた。

次の瞬間、信じがたいことが起きる。

ザイードが竹雪の開いたままの瞳に優しくキスをしてきたのだ。一瞬、何が起きたのかわからなかった。呆然としているうちに、もう片方の瞳にもキスされた。不思議なことに、たったそれだけで、呪《まじな》いが効いたように目の痛みは取れていた。

「な、なにを…したの」

あまりにも予期せぬ行動に、竹雪は声から覇気を失い、ぼんやり呟くのが精一杯だった。

「目が痛かったんだろう?」

「そうだけど」

「もう、痛くないだろう?」

「……そうかもしれないけど」

「おまえ、名前は?」

えっ、と竹雪は目を瞬かせた。目の話をしていたと思ったら、いきなり名前を聞かれたものだから、思考がついていけなかったのだ。

「小野塚《おのづか》竹雪」

それでも素直に名乗ったのは、もうザイードに逆らう気力がすっかりなくなってしまっていたせいだ。少なくとも、今夜はそうだった。

「竹雪か」

ザイードは噛み締めるように竹雪の名前を口にした。

ちょっと胸にきた。

メタハットは竹雪の名前などまったく気にもしなかった。それは、竹雪を一人の人間として見ていなかったからだ。だが、ザイードは竹雪に名前を聞いた。そしてそれを、正確に発音してく

れた。

悪い人じゃない。

ただそれだけでそう判断するのは早計すぎるかもしれないが、竹雪は自分の勘を信じたかった。すでに、この得体の知れないハンサムな『砂漠の鷹』に魅せられていたのかもしれない。

「竹雪」

気のせいかもしれないが、ザイードが竹雪を呼ぶ口調には、深い思いが込められているようだった。もちろん単に竹雪が感傷的な気分になっているから、そう感じただけなのだろう。ザイードが竹雪に特別な気持ちを寄せるはずがない。二人はまだ再会したばかりなのだ。再会といっても、一度目は同じ機に乗り合わせたという、ほとんどなんの関係もない間柄で会っただけのことだ。

ザイードは竹雪の頬を人差し指の背で軽く撫でた。ザイードの指は長くてなめらかだ。撫でられると心地いい。まるで慈しまれて大事にされている気がしてくる。へんなの、と竹雪は思った。まだ敵か味方かもはっきりしない男を相手に、なにを陶然とした気分になっているのだろう。自分で自分に呆れてしまう。これではザイードの思うつぼではないのか。人の心を掴むのは彼の得意技なのかもしれなかった。

「今夜はもう寝ろ」

何か他に言いたいことがあるのではなかったかと考えたくなるような間を置いて、ザイードは結局それだけ口にした。

竹雪の傍を離れ、洞窟の壁を刳《く》り抜《ぬ》いて造ったと見える物入れに畳んで積まれていた毛布を持ってくる。受け取った毛布は、盗賊団がおんぼろトラックに積んでいたのとは厚みも素材も全然違う、暖かそうな大判のものだった。

毛布を手にしたら、急に眠気が襲ってきた。

キリムの上に横になり、毛布を被って目を閉じる。今夜はやっと足も自由だ。それだけでも嬉しかった。

ザイードが近くに来て、砂の上に直に座り込む気配がした。

「おやすみ」

低く囁かれる。

竹雪はほうっと深い安堵の吐息をつき、そのまま急速に眠りに引き込まれていった。

Ⅵ

盗賊団の手からは逃れられたものの、今度は正体不明の男に攫われ、彼が『砦』と称する洞窟に連れてこられてしまった。盗賊団の目的ははっきりしていたが、ザイードの目的は全然わからない。竹雪《たけゆき》はまだまだ事態を楽観視できず、彼への警戒心を捨てきれなかった。

これからどうされようとしているのか知っておかなければ、どうにも落ち着かない。寝ていても不安でならなかったらしく、悪い夢を見た。竹雪は今朝、びっしょりと冷や汗をかいて飛び起き、誰もいない洞窟内を見回して、これも夢の続きなのかと思ったのだ。

竹雪が呆然としているところにザイードは戻ってきた。頭の被り物はしているが、顔布の方は外したままでいる。

自分でもよくわからないが、いない、と思って愕然とした後にザイードが姿を現したとき、竹雪は心の底からホッとした。ザイードは竹雪を拉致《らち》した男なのに、ここで彼に見捨てられ、置いてきぼりにされたのかと思うと、心細くてしょうがなくなったのだ。

ザイードは外で朝食の準備をしていたらしく、両手に器とマグカップを持っている。マグカップの中身はコーヒーだった。トルココーヒーではなく、竹雪が好きなドリップ式のコーヒーだ。竹雪は豆を煮たスープと歯応えのある堅いパンを食べてそのコーヒーを飲んだ。今まで食べた食事のうち一番美味しい気がしたのは、たぶん竹雪が精神的にまいりかけているからかもしれない。

「あなたは僕をどうするわけ？」

昨夜もした質問を、竹雪は繰り返す。

「おまえはどうされたい？」

竹雪を横目でジロリと一瞥したザイードが、逆に問い返す。竹雪はムッとした。昨夜からザイードはことごとく竹雪の質問を無視し、何ひとつ自分の考えを表さない。竹雪にもいい加減我慢の限界がきていた。機内でからかわれたのと同じように、ここでも揶揄《やゆ》されているのだとしたら、とてつもなく腹が立つ。冗談などを交わす心の余裕はない。今の竹雪は無力な存在だ。一寸先は闇という状況に投げ込まれている。竹雪を煮るのも焼くのもザイードの胸ひとつ。ザイードがそれを承知の上で竹雪を不安がらせ、弄ぶのなら、こんな残酷なことはない。見てくれの立派さとは裏腹に、中身はしょせん腐れ切った盗賊なのか。あの盗賊団と同じ穴の狢《むじな》なのかと思うと、少しでも信じかけた自分の浅はかさと甘さに、嫌悪が湧いてくる。ザイードの心なさに深く傷ついた。

「ラースの日本大使館に送り届けてほしいに決まっているだろ！」

怒りを交えた声で言うと、ザイードはフッと冷笑した。

「もうカッシナには懲《こ》りたか？　坊やは安全な祖国に一刻も早く逃げ帰りたいわけだ」

「なっ、なんで——なんであなたはそう意地の悪いことばかり言うんだ。僕は坊やなんかじゃない。逃げ帰るつもりもないぞ」

「ほう。なら、俺の嫁としてこのまま砂漠の暮らしを愉しむのはどうだ？」

「よ、嫁って！」

竹雪は絶句する。

今度こそ本気で質の悪い冗談かと思ったが、ザイードの目はニコリともしていない。冗談か本気かまったくわからなかった。竹雪はコクリと喉を鳴らして唾を嚥下《えんか》し、ザイードの顔を恐々として凝視する。

「まさか、それが目的で僕をあいつらのところから攫ってきたわけじゃないんだろ？」

「——そのつもりだったと言ったら？」

ザイードは不敵に笑う。厚みのある唇の端がキュッと吊り上がり、いかにも事態を面白がっている表情になった。瞳も先程よりずっと柔らかな印象に変わっている。

「ばかばかしい」

竹雪は頬を染めてそっぽを向く。

「寝言は寝てから言えばいいのに」

「要するに、おまえはやっぱり日本が恋しいわけだ」

ザイードに皮肉っぽく結論づけられ、竹雪はさらに赤くなった。悪いか、と心の中で悪態をつく。どうせ自分は世間知らずの弱虫だ。認めたくはないが、ザイードからすればそれは明白な事実だろうし、竹雪も否定するだけの根拠を持たず、黙り込むしかなかった。

「昨夜のおまえの寝顔は可愛かったんだがな」

起きているときはちっとも可愛げがないと言われたようで、竹雪はまたカチンとした。ザイードと話していると頭にくることばかりだ。きっと相性が悪いのだろう。竹雪は憤然となる。顔の向きを戻してザイードを睨みつけると、ザイードはくすっと鼻で笑った。もう一度自分の方を向かせられて満悦しているようだ。

嫌な性格！

竹雪は反発心も露わに唇を尖らせる。

「悪いけど僕は男とどうにかなる気はないから」

「どうかな。案外おまえは触れたら堕ちそうな感じがするぞ。妙な色気があるからな。だからメタハットたちも恰好の取引材料だと思って、おまえを余所の部族の族長に渡して今後の便宜《べんぎ》を図ってくれるよう頼むつもりだったんだろう」

どうやらザイードはあのときメタハットが言ったことを嘘だと看破していたらしい。そればかりか、本当の目的まで察していたようだ。よほど遊牧民族たちの利権争いや相互関係をきっちりと掌握しているらしい。抜け目のない、知略に長《た》けた男なのだ。これは厄介な相手に見初《みそ》められてしまったのかもしれなかった。

「ムスリムは同性愛を禁忌にしているはずだろ。それとも、カッシナではアルコール同様にセックスに関する観念も宗教的な制約を受けないってわけ？」

「個人の問題だな」

ザイードはあっさりと一刀両断した。

「敬虔《けいけん》なイスラム教徒は頑《かたく》なに戒律を守る。五行五基《ごぎょうごき》の教えに忠実な毎日を送って、法律的に飲酒が許可されていても絶対に口にしない」

「あなたは？」

「俺は見ての通りだ。宗教の教えは大事にしているが、自分の中で意味がないと思う部分は、それに対して納得できるまで保留にして、自分の気持ちに忠実に生きている。昔なら、異端審問を受けて糾弾《きゅうだん》されているところだな。現国王がおおらかで進歩的な考えの持ち主でよかった」

べつにザイードの宗教観がどうでも竹雪には関係なかったが、こういう柔軟な思考には親しみが持てた。

ザイードはやはり不思議な魅力の持ち主だ。

嫌い、と反発してみても、その一方では常に惹きつけられてしまう。

竹雪が引き寄せられるようにザイードの顔を見ていると、ザイードもいったんは逸らしていた視線を竹雪の顔に向け直してきた。

吸い込まれそうな青い目で見つめられる。

心臓がざわざわする。

竹雪は思わず息を止め、シャツの胸元を握り締めた。

二日間砂漠を引き回されていたせいで、真新しかった白シャツは見る影もなく薄汚れてしまっている。体中どこもかしこも砂でざらついていて、日本にいるときからは信じられないくらい小汚いことになっていた。こんな形《なり》の竹雪を見て色気がどうのというザイードの気が知れない。よほど好色なのか、趣味が悪いのか、どっちかだろう。

交じわらせた視線を逸らすきっかけのないまま、縫い止められたようにザイードと見つめあう。

空気が濃密さを増した気がして、竹雪はざわめく胸が苦しくなってきた。

「竹雪」

突然ザイードが竹雪の頬に手を伸ばしてくる。

驚いた竹雪は「ひっ」と小さな声を上げ、首を竦めて目を閉じた。何をされるかわからなかったので怯えたのだ。

ザイードは乱暴するつもりなどまるでないように、優しささえ感じられる指使いで竹雪の頬にかかっていた髪を払いのけた。

なんだ……、と竹雪は肩の力を抜いて目を開く。

「そんなに俺が怖いか？」

ザイードは少々心外そうだった。

「まさか」

怖い、などとすんなり認めるのは癪《しゃく》だ。竹雪は虚勢を張り、首を振る。

自分の指で掻き上げた髪は、ベタついていていつものさらさらした感触とはほど遠かった。こんな髪を他人に触られたのかと思うと恥ずかしくなる。だが、ここは砂漠だ。お風呂やシャワーなど望んだところで叶うはずもない。竹雪は、一刻も早く兄たちの元に戻り、自分の日常を取り戻したいと願った。

ザイードは竹雪の意地っ張りな態度に「上等だ」と薄笑いしながら応じると、竹雪から離れた。

見ていると、麻袋ふたつと革袋ひとつに荷物を詰め直している。

ずっとここにいるわけではないのだ。

竹雪は新たな不安にかられた。

ここからどこに連れていかれるのか。やはりもう二度と兄たちの元には帰らせてもらえないのだろうか。ザイードは、本気で竹雪をずっと自分の手元に置いておき、女のように扱うつもりなのか。

「ザイード」

竹雪は最後の望みをかけ、ザイードの背中に声をかけた。

返事はないが、白い長袖シャツの上から濃紺の袖なし衣装を羽織った大きな背中が、ピクリと筋肉を動かすのがわかる。話は聞いているのだ。

「お願いだから僕を街に帰らせて」

そこで竹雪は溜めていた唾を飲んだ。緊張していて喉がカラカラになっている。

「街の外れまででいいから、連れていってよ。これ以上砂漠にいるのは嫌だ」

心持ち甘えたような声を出し、必死の様子で食い下がった。

今まで、竹雪がねだったり頼んだりしたことで、叶えられなかったことはめったにない。いつも皆、苦笑しながらも最後は仕方がないと折れた。そんなこれまでの例を考えれば、ザイードが竹雪をどうするつもりで攫ったにしろ、きっとほだされ、竹雪の望むようにしてやろうという気持ちになるのではないか。そう期待した。

しかし、ザイードはあくまでもそっけなく、振り向きもせずに言い放つ。

「あいにくだが、もうしばらくは俺と一緒に砂漠を移動してもらうしかないな」

はっきりとは答えないが、明らかにノーの返事だと竹雪は思った。

目の前が暗くなる。

「行くぞ」

支度を整えたのか、ザイードが荷物を肩と手に持って立ち上がり、逆らうことを許さない強い調子で促した。腕にはダークレッドの布を掛けている。

「ついて来い。日が高くなるまでに移動する」

「嫌だ」

竹雪はがんとしてその場に座り込んだまま首を振る。

「僕はここにいる。ここで誰かが助けに来てくれるのを待つ。あなたとは行かない」

そう言ってプイと顔を背けた。

「ほう?」

ザイードが冷ややかな声を出す。

「どうやら野垂れ死にしたいらしいな?　なんの知識もないおまえがどうやって助けが来るまでここで生き延びるつもりだ?　ここには余分な食料や水はいっさいない。三日以内に運良く誰かが見つけてくれなければ、ひからびて死ぬんだぞ」

「そ……そんなこと言ったって……」

ザイードの脅し文句に竹雪はたちまち弱気になった。確かに現実はその通りだ。いくら虚勢を張ってみせたところで、水や食料などといった現実的な問題に直面すれば、竹雪にはどうする術もない。

「ぐずぐずしていると時間がなくなる。さっさと来い！　それとも赤ん坊みたいに俺におぶって欲しいのか？」

竹雪は渋々立ち上がった。

悔しくてたまらなかったが、ここで死ぬのは嫌だ。死ねばなんにもならない。矜持も大事だが、生きていてこその矜持だ。

洞窟を出ると強烈な日差しに晒された。

太陽はまだ東の空に位置しているが、すでにギラギラと照りつけている。

ザイードは岩場の陰で休ませていた黒馬のところに行くと、運んできた荷物を鞍の後ろに縄で括り付けて固定し、頼むぞというように馬の首を撫でた。昨日も思ったが、ザイードの愛馬はやはり毛並の美しい綺麗な馬だった。健脚であることは昨夜の走りからもあらためて実感したが、黒光りする毛の下に隠された筋肉の発達ぶりは感嘆の溜息が出そうなほどだ。

「ほら。これを巻け」

荷物を括り付けている間鞍に置いていたダークレッドの布を差し出され、竹雪は広げて頭に被った。二メートル四方もある大きな布だ。縁の辺りに金糸でラインが描かれている。言われた通り頭から被って首の前で交叉させ、肩に流した。

その恰好で、昨日と同じようにしてザイードの前に乗る。

馬は並足で歩き始めた。

ゆさゆさと揺れる体をザイードの腕が支えてくれる。

「ねぇ」

竹雪は首だけ回して真後ろに密着しているザイードに話しかけた。

「まさか本気じゃないよね？」

「なにがだ」

「昨夜言ったこと」

はっきりと自分の口から同じことを言うのが恥ずかしく、竹雪はそれ以上言うのを躊躇う。

「おまえを嫁にすると言ったことか？」

ザイードがわざと意地悪な語調で繰り返す。竹雪はみるみる頬を火照らせた。やっぱりザイードは性格が悪い。竹雪を困らせて喜んでいるのが見え見えだ。

「さぁ、どうしようかな。せっかくメタハットから横取りしてきた珍しい品だから、どんなふうに有効活用するのか考えて愉しんでいる最中なんだが」

「僕なんか抱いても楽しくないと思うけど」

「じゃあ、メタハットが考えていたようにどこかの部族の族長におまえを売って、見返りをもらうのもいいな」

「結局ザイードもメタハットと同じなんだ！」

「おまえは俺に何を期待していたんだ」

竹雪の言葉をザイードはおかしそうに笑い飛ばす。

「まさか、俺を救世主だと思ったのか？　砂漠に攫われたお姫様を助けるために追いかけてきた王子様だとでも？」

「思うわけないだろ、そんなこと！」

竹雪は屈辱のあまり頭の中がぐちゃぐちゃになった。性格が悪いなどというものではない。最悪だ。どれほど見栄えがしても、中身はやはりメタハットたちと同じ。いや、彼らなど足下にも及ばないくらい狡くて悪辣《あくらつ》で卑怯なのだ。こんな男を少しでもいいと思った自分にも腹が立つ。つくづく人を見る目がないらしい。

憤りのあまり、腰を抱くザイードの腕を引っ掻いてやりたくなったが、そんなことをすると落馬して痛い目に遭うかもしれないと思ったら、ばかばかしくてできなかった。骨折したり蹄《ひづめ》で蹴られたりしては大変だ。竹雪にできるのは、ムスッとして黙り込み、前を向いていることだけだった。

片手だけの巧みな馬術で、岩山を縫うようにして走る砂漠の中の道を進む。昨日まで竹雪が知っていた砂漠は砂だらけの砂丘だったが、ちょっと場所が変わると砂漠の性質も違うらしい。自然の不思議を感じた。竹雪にはここが地図上のどの地点に当たるのか皆目見当もつかない。だが、ザイードには自分が今どこを走っているのか明確にわかっているようだ。

ザイードの心臓は規則正しい鼓動を打っている。

落ち着き払っていて、いささかの迷いもないことが竹雪にも伝わってきた。たぶん、ザイードといれば、野垂れ死にする心配だけはないだろう。そんな頼れる男の印象だけは、相変わらず消えない。問題は彼の人の悪さだ。竹雪を女か子供のように扱う小憎らしさの方だった。

走っている間にも、太陽はどんどん真上に向かって上昇していく。

二人を乗せて走らせているからか、ザイードは特に馬の体調に気遣いをみせていた。決して無理させず、ときどき日陰で休ませて水とニンジンの切れ端を与えては、首を撫でて励ましたり宥《なだ》めたりする。

おかしな話だが、竹雪はアスランが羨ましかった。

ザイードはアスランに対するときの半分も竹雪に構わない。人間より馬が大事なように扱われるのは、ちょっと納得がいかなかった。もちろん、理性では竹雪にもわかっている。砂漠を走らされて辛い思いをしているのは馬だ。竹雪はただ馬上にいるだけで、文句など言える立場ではない。わかってはいるのだが、馬に話しかけ、馬を見るザイードの愛情深さを目の当《ま》たりにすると、拗ねた気分になってしまう。どうせ僕は馬以下だよ、とちょっぴり僻《ひが》みたくなるのだ。

馬にはあんなに優しい目をするくせに、自分には意地悪ばかりするザイードが癪で、竹雪はさらに不機嫌な仏頂面になった。竹雪の気持ちに気づいているのかいないのか、休憩後ザイードも黙々と馬を走らせる。

正面に緑の灌木《かんぼく》と黄色い建物が見えてきたのは、砦を出発して三時間ほど経った頃だ。

「オアシスだ」

背後のザイードがようやく口を開く。

「あれが？」

初めて真近で見る景色だったので、竹雪も思わず声を上げていた。さっきまでむっつりと沈黙していたことなど、なかったように反応する。そろそろ竹雪も黙ったままでいるのが気詰まりになりつつあったのだ。自然と沈黙が破れて内心ホッとしていた。

「あの黄色い建物はなに？　同じものが水際にずらっと並んでいるけど」

「安宿だ。壁の窪《くぼ》みに人一人横になるのがやっとという狭いベッドがあって、あまり清潔とは言い難いウレタンマットが敷いてある」

「そこに泊まるつもり？」

「いや。オアシスで休むだけだ。日が陰り始めたらまた発つ。言っておくが、変な気は起こすなよ。ここいらの人間はアラビア語しか理解しないから、助けを求めても無駄だ。逃げようなんて考えずに俺の傍にいると約束しろ」

途中からザイードの声はがらりと恐くなった。

それでも竹雪は、恐い物知らずに楯突《たてつ》く。

「約束しなかったら？」

命令されてばかりなのが腹立たしくなったのだ。なんでもかんでもすんなりザイードの言いなりになると思ったら大間違いだ。それを示しておきたかった。

「腰に縄を掛けて逃げられないようにするだけだ」

「そんな！　人を猿《さる》かなにかみたいに！」

竹雪は顔を怒りに染めて抗議した。だが、ザイードは痛くも痒《かゆ》くもなさそうに鼻であしらう。

「されたくなければ最初からおとなしく俺から離れないと約束すればいいんだ」

ザイードはどこまでも傲慢で高飛車だ。

竹雪はギリリと歯ぎしりした。悔しい。ここが砂漠でさえなければ、とうに逃げだしているのに。今は堪えるが、そのうちチャンスを見つけて必ず逃げてやる。そう決意を新たにした。

二人が険悪な雰囲気で会話を交わしていた間に、オアシスは目の前にまで近づいてきた。大きな泉だ。砂漠の中に忽然《こつぜん》と現れた巨大な水溜まり。周辺には豊かな緑が生えている。ここは不毛の土地ではない。竹雪はようやく生きた心地を取り戻した気がした。

ザイードは黄色い壁の建物が立ち並ぶところまでは行かず、少し離れた場所で馬を降りた。そして昨晩と同じように竹雪に向かって両腕を差し伸べる。竹雪はザイードの腕に摑まって馬から降りながら、へんなの、と心の中で呟く。こういうときのザイードは本気でナイトのように見えるから不思議だ。皮肉っぽく歪めた唇から嫌みばかり吐く男と同じとは信じられない。礼儀正しく毅然としていて気品さえ感じさせる。

「こちら側にはあまり人は来ない。砂漠の旅人たちの多くは、宿の近くで休んだり食事をしたりする」

「あっちに行かないのは、あなたがろくでなしの悪党だから？」

竹雪がわざと怒らせるようなことを言っても、ザイードは痛くも痒くもないようなせせら笑いを浮かべ、竹雪に、愉しげに細めた視線をくれる。

「まぁそんなところだ。なかなか気が利いたことを言うじゃないか、坊や」

「坊やじゃないったら！」

ちくしょう、と竹雪は頬を膨らませた。いつも二言目にはこれだ。ばかにするな、と端整な横っ面をはたいてやりたくなる。

ザイードはアスランの手綱を泉のほとりに立つ木の幹に手早く括り付けると、荷物をひとつ肩に持ち、竹雪の腕を無理やり引っ張って水辺に近づいていく。

「なにするんだよ。嫌だ、ザイード、放せよ！」

「うるさいやつだな。水浴びして少しは小綺麗にする気は起きないのか」

そう言われて竹雪はあらためて自分がひどい姿になっていることを思い出す。じわっと羞恥に頬が赤らむのがわかった。すっかり失念していた。確かにもう三日も風呂に入っていない。

「ほら」

竹雪の腕を放したザイードが、タオルを放って寄越す。

「誰も見ていないから泉に浸《つ》かってこい」

「……わかったよ」

さすがの竹雪も、決まりの悪さに俯《うつむ》きがちになって返事をした。

「足下には注意しろ」

「わかってるってば！」

今度はぶっきらぼうに言い返す。肩越しにキッと振り返ると、ザイードは唇の端を上げ、揶揄するような表情で竹雪を見ていた。

ほとりには腰ほどの高さまで伸びた草むらがある。竹雪はその中に立って服を脱ぎ、タオルだけ持って水に入った。水温は思ったより低かったが、冷たいというほどではない。どこで誰に全裸の姿を見られていないとも限らないため、すぐに身を屈めて肩まで水に浸かり、深さのある場所まで移動した。

久しぶりの水は想像以上に気持ちいい。

竹雪はすぐに人目を忘れて水を楽しみ始めた。ザイードの言う通り、この辺りには他に誰の姿も見当たらない。タオルで全身を擦った後、しばらく泳ぎ回った。

たまに岸辺に目をやってザイードがどうしているか確かめる。

一度目に見たときには、ザイードはアスランの手綱を引いて足場の悪い岸まで下りてきており、愛馬に水を飲ませていた。アスランが首を落として水面に鼻面を突っ込んでいる間、ザイードはずっと馬の首を撫で、たてがみを優しく梳いてやっていた。いかにアスランを大事にし、可愛がっているのかが伝わってきて、竹雪はまたしても胸の奥が疼《うず》いた。どうせ僕のことなんかには目もくれないんだ、と拗ねた気持ちになる。いっそこのまま向こう岸まで泳いでいってしまおうかとさえ思ったが、全裸だということを思い出し、踏み止まる。

しばらく泳いでからもう一度顔を向けたときには、アスランは木に繋がれて草を食べており、ザイードは木陰に座って本を開いていた。

何を読んでいるんだろう。

竹雪はちょっと好奇心を刺激され、岸まで泳ぎ着いて水から上がった。

タオルはほとりに立つ木の枝に引っ掛けてある。

竹雪がそこまで歩いていってタオルで前を隠すより先に、水音を耳にしたらしいザイードが顔を上げた。

まともに視線がかち合う。竹雪もザイードを気にしながら歩いていたからだ。

ザイードの目が軽く瞠られた。

竹雪もハッとして、手で前を隠す。男同士なのに、ザイードに見られたのがなぜか恥ずかしかった。

動揺して慌てたので足下にまで気が回らず、足場の不安定さもあって体のバランスが崩れた。

「あっ」

前につんのめり、転びそうになる。

「なにをしているんだ」

ザイードが大股に歩み寄ってきた。竹雪は狼狽えて体勢を立て直すと、枝に掛けていたタオルを引っ張り取り、それを腰に巻き付けた。

「なんでもないよ、ばかっ」

恥ずかしさからつい悪態をつく。

ザイードは呆れた顔をした。

「おまえ本当に口が悪いな。顔だけ見ればどこの御曹司かという風情なのに、まったく人は見かけによらないものだ」

「よ、よけいなお世話だよ」

ぽたぽたと雫《しずく》の垂れる髪を押さえながら竹雪は伏し目がちになって言った。いいから早くあっちに行ってくれという気持ちでいっぱいだ。このままでは気まずくてしょうがない。

だが、ザイードは離れていくどころかさらに竹雪の目の前に近づいてきた。

「楽しそうに水遊びしていたな」

見られていた、という驚きに竹雪は思わずザイードの顔を振り仰いでいた。馬の世話をしたり本を読んだりしているだけで、竹雪にはいっこうに注意を払っていなさそうだったのに、実際は目の端ででも見ていたのだろうか。意外だった。

「気持ちよかったか?」

青い瞳でじっと見つめられる。

竹雪は奇妙にどぎまぎした。心臓が鼓動を速め、息苦しくなってくる。なぜかザイードと向き合うとこうなるのだ。自分でもさっぱりわけがわからない。

すっとザイードの手が伸びてきて、額に張りついていた竹雪の前髪を掻き分けた。

「髪も泥が落ちて少しはさっぱりしたみたいだな」

そう言って髪を撫でた指は、ついでのように頬にも触れてから離れていく。

「ザイード」

「ちょっとそこで待っていろ」

どうしてこんなふうに触るのか聞こうと思った竹雪を遮り、ザイードは有無を言わさぬ口調で言うと、さっきまで自分が休んでいた木陰に引き返していく。

木の根本に置いてクッション代わりにしていたらしい革袋から、乾いたタオルとカフェオレ色をした衣服を取り、竹雪にひとつずつ投げて寄越す。竹雪はタオルを肩に掛け、衣服を広げて確かめた。サファリシャツだ。まだ新しい品らしい。サイズを見ると竹雪が普段買うのと同じで、なぜこんなものをザイードが持っているのかと疑問に感じた。もしかすると盗品だろうか。いずれにしても、今の竹雪にはこの清潔な衣服を素直に着るか、汗と砂や泥で汚れた自分のシャツを着るかのどちらかしかなく、体を洗った後では自《おの》ずと選ぶ方は決まっていた。

竹雪が服を着ている間、ザイードは元通り木陰に座って幹に凭れ、文庫本を読んでいた。

「ザイード」

照れくささに掠れそうになる声をかけ、近づいていく。

「おまえも座って休め。昼間は無理をして動かない方が賢明だ」

ザイードは本から顔を上げず、そっけなく言った。

竹雪は仕方なくザイードの横に並んで木の根に腰を下ろす。日陰になった地面は冷えていて、風が通るたびに涼しさを感じた。

「ねぇ。なにを読んでいるの？」

「サルトル」

それはまた小難しげな本を読んでいるんだなと、竹雪は意外だった。

ザイードは竹雪などいないように無視し、熱心に読書に没頭している。

竹雪はちらちらとザイードの横顔を盗み見ながら、立てた両膝の上に手と顎を載せ、ぼんやり風に吹かれていた。髪はもう乾きかけている。さらさらした感触が頬に心地よい。

ザイードの横顔は綺麗だ。意志の強そうな口元、尖った高い鼻梁《びりょう》、そして誰をも虜《とりこ》にしてしまいそうな青い瞳。

またトクンと心臓が鳴った。

竹雪は目を閉じた。

ザイードの体温を、腕に感じる。

しばらくすると眠気が差してきた。日差しを浴びた上に水泳までしたものだから、疲れがどっと出てきたらしい。

うつらうつらするうちに体が揺れ始めていたようだ。

「竹雪」

ザイードに呼ばれた気がしたが、眠気が勝って答えられなかった。

肩を引き寄せられ、首を何かに預けて安定させると、ますます体が楽になって寝やすくなった。

太陽の勢いがピークを過ぎて弱まり、また砂漠を旅していける時刻が来て起こされたとき、竹雪は自分がザイードの肩に凭れて寝ていたことを知り、おおいに焦った。

「ごめんなさい。肩、重かったでしょう?」

押し戻してくれたらよかったのにと言うと、ザイードはフッと笑う。

「やっぱり寝ている顔は、起きているときとは比べものにならないくらい可愛かったぞ」

「ザイード!」

またからかう!

竹雪はぷうっと頬を膨らませ、ザイードに背を向けた。

「せっかく人が素直に謝っているのに」

「謝る必要はないから、代わりに食事の支度を手伝え。腹を太らせたらすぐに発つぞ」

「手伝えって言われても」

どうすればいいのかさっぱりわからない。それに、なぜ僕がという不服な気持ちが声に表れる。

「このお坊ちゃんめ。何日砂漠をうろついているんだ」

「僕は好きでうろついているわけじゃない」

「そんなふうだから、盗賊どもに目をつけられて簡単に攫われるような間抜けなことになるんだ」

「なんだって！」

間抜け、などと面と向かって言われては平然としていられない。

竹雪はキッとザイードを睨みつけ、両袖を肘まで捲り上げた。

「なんでもするから、指示してよ」

ニッとザイードが口角を吊り上げた。青い瞳も笑っている。

乗せられた、と竹雪は瞬時に悟って悔しさが込み上げてきたが、一度口にした言葉を撤回するのはプライドが許さず、ザイードに言われるまま石と木片を集めて竈を作る手伝いをした。

Ⅶ

オアシスを離れて再び砂漠に出た頃には、太陽の日差しはいくぶん柔らかくなっていた。たっぷりと休憩し、食事も摂《と》ったので、馬も人も力を取り戻している。

竹雪《たけゆき》はザイードと共にアスランの背で揺られながら、行けども行けども砂と岩の地平線しか見えない景色を眺めているうちに、気が滅入ってきた。

「どうしてベドウィンはこんな辛い旅をし続けながら移動するの？」

「さぁな。砂漠の熱と風が、生まれついての血を騒がせ、居ても立ってもいられない心地にするんじゃないか」

珍しくザイードが真面目に返す。

「ザイードも？」

竹雪が重ねて問うと、今度は返事に少し間が空いた。

「祖先の血がときどき騒ぎだし、俺を砂漠に駆り立てるのだという気はする」

「ふうん、そう」

竹雪は頭から被ったダークレッドの布が風になびくのを押さえ、淡々とした相槌を打つ。竹雪にはザイードが砂漠に対して抱く思いを理解するのは難しく、同時にまた、ザイードに自分がどれだけ街に帰りたがっているのか理解させるのも難しいのだという、諦観に満ちた気持ちを抱いた。

「どこまで行くの？」

「俺の気が向くところまでだ」

この質問に関してザイードの返事は、ずっとこんなふうだ。竹雪は深々とした溜息をつき、その後はもう無言で前方だけを見つめていた。

しばらく沈黙が続いた後、今度はザイードから声をかけてくる。

「どこに連れていかれるかわからないと恐いか？」

あまりにも当然のことを聞かれ、竹雪は腹立たしさから唇をきつく嚙み締めて無視した。

ぴったりと密着した背中にザイードの逞しい筋肉の隆起と体温、そしてムスクのような香りのついた体臭まで感じ、ふとした拍子に普通以上の親密ささえ覚えることがあるというのに、結局ザイードとは相容《あいい》れない関係なのだ。ザイードは竹雪を荷物みたいに縛らない。逃げるなと脅しはしても、拘束しようとはしない。それなのに、いざとなるとやはり竹雪を自分の意志のままに扱おうとする。この中途半端で曖昧な関係が竹雪を苛々させた。いっそのことメタハットがしたように体の自由を奪って問答無用で連れ回されていたら、少なくともこんなすっきりしない気持ちにはならなかったのだ。

ザイードは竹雪が返事をしなくてもいっこうに気にする様子もない。

黙っていたければ黙っていろ、拗ねたければ拗ねろ。そんな徹底した突き放し方なのだ。

気持ちが塞いでいるため、周囲を見ているようでいて、その実なにも頭に残っていなかった。

気がつくと日が暮れている。太陽は真っ赤になり、周囲を燃えるようなオレンジ色に染め上げていた。

地平線が水平より下にある光景を臨《のぞ》める場所は、地球上にそうたくさんはないだろう。

竹雪は荘厳な気持ちになり、大きな赤い太陽が地平線にキスをするのを見守った。

徐々に、徐々に、日が沈んでいく。

二人を乗せた馬は、まるで太陽に少しでも近づいていこうとするかのように走り続ける。

辺りが赤味の強いオレンジ色から、渋柿色とパープルと紺、その他様々な色の絵の具を溶かしたような色合いに変わっていく。その変わり方も綺麗で目を奪われた。あたかも雄大なショーを見ているようだ。

日が沈む。

途端に竹雪は寒けを感じ、ぶるっと肩を震わせた。

するとそのとき、ザイードが竹雪の体に覆い被さるようにして、さらにぴったりと身をくっつけてきた。

「ザイード、あの、ちょっと」

「こうしていれば少しは温かさが増すだろう」

「それは、そうだけど……」

竹雪は口籠もった。

赤の他人とこんなに密着するなど、竹雪の常識では考えられない。しかし、ザイードは特に違和感がないらしく、ごく自然な態度で落ち着き払っている。胸がどきどきするのは竹雪ばかりのようだ。

僕が考えすぎなのかな。

竹雪は戸惑いながらもそんなふうに思った。ザイードを意識しすぎているのかもしれない。それというのも、ザイードが竹雪に変なことを言ったからだ。俺の嫁になるか、などと。それもザイード得意の意地悪な冗談だったのだろうか。だとすれば、意識して狼狽えている自分の単純さが恥ずかしい。

「今夜は野宿だ」

すぐ耳元で聞かされたザイードの声は、竹雪の背筋をぞくりとさせるほど魅力のある低音ヴォイスだ。喋るたびにうなじに温かな息がかかる。それもまた竹雪の顎をぶるっと震えさせた。嫌悪からではなく、奇妙な緊迫感からだ。

このままザイードといれば、そのうち自分が自分でなくなりそう。確たる理由もなしに竹雪はそんな危機感を持った。

「その代わり、今夜一晩我慢したら、明日の夜は柔らかなベッドで眠れる」

「えっ」

ザイードが続けた言葉に竹雪は驚いて声を上げた。

「それってもしかして、僕たちが街の近くにまで来ているってこと?」

声に縋《すが》るような調子が出ているのが自分でもわかった。そのことがザイードの心を動かしたのかどうかはわからないが、ザイードはこの類の質問に初めて頷き、向かっている先に街があることを教えた。

その街がどこであるにせよ、砂漠を抜け出せれば後はどうにでもできるだろう。交通機関もあるし電話もかけられる。兄に連絡すれば、すぐさま迎えに来てもらえるのだ。

みるみるうちに希望が湧いてくる。

「本当?　本当に街に行くんだね、ザイード?」

竹雪は声を弾ませ、何度も念を押した。

それに対するザイードの態度は相変わらず冷淡でそっけないままだ。何を考えているのか見当もつかない。

「街には寄るが、おまえをどうするかは俺次第だ」

「どういう意味？」

せっかく期待に膨らませたばかりの胸を萎ませ、竹雪は嫌な予感に顔を曇らせた。

「言葉の通りだ。まだ俺はおまえを放してやるなどとは一言も言っていないぞ」

「だって、ザイード！」

竹雪はなんとかしてザイードを説得しようと必死になった。

「僕を攫っていつまでも逃げきれるはずないだろ？　今ならまだザイードは僕を助けてくれた恩人だ。王様からは感謝されるだろうし、日本にいる僕の両親からは多額の謝礼がいく。へたなことをするより、その方がよほど利口だ。そうだろう？」

「あいにくだが、俺は王様の感謝も多額の謝礼金も求めていないんだ」

ザイードは恐い声でぴしゃりと言った。俺をその辺の安っぽい盗賊たちと一緒にするな、そんな怒りが含まれている。

竹雪はザイードの勢いに怯み、不用意な発言をしたことを後悔した。

「じ、じゃあ何が欲しいの？」

竹雪の遠慮がちな質問に、ザイードはやおら竹雪の顎に指をかけ、顔を仰向かせた。

「や……！　なにするんだよ」

すぐ真上にザイードの顔が見える。竹雪は筋肉に覆われた頑健な肩に後頭部を預け、怒り混じりの目でザイードを睨みつけた。

「この恐れ知らずの跳ねっ返りめ」

ザイードの長い人差し指が竹雪の唇を撫でる。

竹雪は唇を開け、なんとかしてザイードの指に噛みついてやろうとしたのだが、かなわず歯軋りするはめになった。

「確かに俺はおまえを盗賊どもの手から救ってやった。あのままメタハットの獲物になっていたなら、おまえはあいつらが今最も擦り寄りたがっているアッザウルの族長にでも引き渡されていただろう。アッザウルの族長は血の気の多い好色な四十代の男だ。よほど運がない限り、おまえは一ヶ月も保《も》たずに廃人同様にされていたところだぞ」

「そんな脅しはもうたくさんだ、ザイード」

あくまで強気に言い返しながらも、竹雪は声の震えを抑えきれなかった。顔面も蒼白になっていることだろう。

「口ばかり達者だが、声が震えているぞ」

案の定ザイードに嘲られる。

「うるさい！」

竹雪はなおも強情を張った。

激しく首を振り、顎を捉《とら》えたザイードの手を振り解く。

「もういい。あなたにはなにも期待しない。それならいいんだろ」

やけっぱちな口調で叫ぶように言うと、ザイードは「そうだ」と冷静に返してきた。それが当然だと言わんばかりだった。

「よけいなことは考えるな。俺はおまえを決して悪いようにはしない。おまえが素直ないい子でいれば、俺の情はますます深くなる。場合によっては、ほだされておまえを元いた街まで送り届けてやらないこともないだろう」

「それは一年先？　それとも二年先？」

竹雪は怒りを押し殺し、低い声で聞く。

「さぁな」

ザイードははっきりした返事をしなかった。ザイード自身まだ決めていないからだろう。竹雪は激しい失意に見舞われた。

なんとかしなくては。

ここから自力で逃げるのだ。

――でなければ、この先どうなるかまったく予測がつかない。ザイードは今は気まぐれを起こして竹雪に興味を持っているが、いつ気を変えて他の人間に売り渡すかしれない。このままでは二度と日本に帰れないのではという不安が、竹雪の心中に渦巻いていた。

さっきまでの険悪な言葉の応酬は、竹雪が口を噤んで考え事に没頭し始めたことで沈黙に取って代わった。

砂を踏みしめてゆったりとした歩調で走るアスランの足音だけが、しんとした夜の砂漠に響き渡る。

今夜は満天の星が見えていた。

文字通り、満天だ。夜空がドーム屋根のように見える。我に返って空を見た竹雪は、思わず息を呑んだ。今までにも星の輝く空は見てきたはずだが、こんなふうに落ち着いて眺め渡したのは初めてのような気がする。

頭上の星まで見ようとして頭を振り仰がせたので、図らずもザイードの胸板に頭頂部を擦りつけてしまった。

言い争って気まずくなったままだった、という意識が、竹雪に咄嗟に身を引かせた。

その途端、ぐらり、と体が傾ぐ。

「うわっ」

「ばか！」

落ちる、と全身が緊張したが、素早くザイードに抱き留められ、無事だった。

冷や汗が流れる。

馬の背にいるときには、どうにもうまくバランスが取りづらい。落ちかけるのもこれが二度目だ。ザイードはさぞや呆れているに違いない。

竹雪はザイードの腕におとなしく身を預けたまま、しばらく呼吸を整えることに専念した。

「……いい加減、アスランによけいな負担をかけるのはやめてくれ。おまえがバランスを崩すとアスランも走りにくくて疲れる。馬はただでさえ砂漠を長距離走るには不向きなんだ。頼むからおとなしくしていてくれ、竹雪」

最後の「竹雪」という呼びかけには、優しさと情愛に満ちた響きが感じられた。

たったそれだけのことで、わずかながら竹雪の縺《もつ》れた気持ちが解れる。

しかし、逃げなくてはという決意を翻《ひるがえ》させるまでには至らなかった。

「わかった」

しおらしい振りをして聞き分けよく装いながら、竹雪は考えを巡らせ続けていた。

確かに砂漠を旅するのに馬を使うのが一般的とは思えない。普通は四駆の車かラクダだとムスタファが話していたのを覚えている。現に、メタハットたちの集団もそうだった。あのおんぼろ軽トラックは、型こそ古くてエンジンの音にも不安を感じたが、結構頑丈で見かけよりずっと役に立っていた。

それにもかかわらずザイードが大事な愛馬と思しきアスランを駆ってきたのは、ザイードの頭の中に完璧な行程の計画が描かれていたからだ。そうとしか考えられない。ザイードは馬を休ませる場所を常に頭に置いている。決して無理をさせないように気を配っているのがわかるのだ。

今夜野宿する地点から街まではきっと近い。

竹雪は絶対的な確信を持った。

明日もザイードは今日と同じように、比較的日差しの穏やかな時間帯を選んで動くだろう。うまくすれば、歩いてでも街まで辿り着けるに違いない。いや、必ず辿り着いてみせる。竹雪の決意は揺るぎないものになった。

ザイードを本気で酷い男だとは思わないが、意に染まぬことを強いられるのはごめんだ。ついでに、あまりいろいろと指図されてばかりいるのも気にくわない。これまで誰も竹雪にそんな態度は取らなかった。なぜザイードにだけこんな高飛車にすることを許さなければならないのか。竹雪が怒って不愉快になっても当然だろう。

今晩は竹雪の決意をザイードに気取られないように、精一杯素直にしていなければ。

逃げだすのは夜明けの一時間前だ。それくらいに動けば、きっとザイードはまだ眠っているだろう。朝の光が差す頃には、竹雪はかなり遠くまで逃れられるはずだ。街の近くまで行けば、助けを求められる人間の姿も見かけるに違いない。

逃げるための算段を考えていると、計画が次第に細部まで明瞭になってきて、十分実現可能なものに思えてくる。

きっとうまくいく。

竹雪は大きく息を吸い込み、自分自身に言い聞かせ、鼓舞した。

明日の夜には柔らかなベッドで眠ることができるのだ。それはザイードが言った通りだが、絶対的に違うのは、竹雪の思い描くベッドが兄の家のベッドだという点だ。そこいらのホテルのベッドなんかじゃない。もちろん、ザイードの姿も横にはない。

無事に帰れさえしたら、ザイードのことは忘れようとまで竹雪は考えを先走らせていた。

ザイードには悔しい思いもさせられたが、よくしてもらったのも事実だ。誘拐犯として司法に追わせるのは本意ではない。むしろ、心を入れ替えてまっとうな仕事に就《つ》いてくれればいいのにとまで思った。その気になればザイードはなんにでもなれるだろう。一匹狼の盗賊などやめ、あの『砂漠の鷹』という呼び名も返上して欲しい。そうすれば——。

——そうすれば？

竹雪は不意に現実に立ち返り、今自分の頭を過ぎったあまりにもとんでもない考えを大慌てで頭から払いのけた。

ばかばかしい。ザイードと友達になれるかもしれないなどと、一瞬でも本気で思うとは。

「竹雪」

不意にザイードの声に思考を遮られ、竹雪はもう少しで鞍から腰を浮かしそうになった。もしかすると自分が考えていたことを読まれたのではないかと不安になるようなタイミングだったのでギョッとしたのだ。

「な、なに?」

声が上擦る。竹雪は祈る心地になった。

どうかザイードに計画を悟られませんように。

「いいか、くれぐれもばかな考えは起こすな」

ザイードは竹雪に繰り返した。

「わかったってば」

口先ばかりでそう返す竹雪の胸中には、一抹の後味の悪さ、ザイードに嘘をついているという苦い気分が、じわじわと広がっていた。

Ⅷ

ザイードは折り畳み式のテントを砂の上に広げて設置し、今夜のねぐらだと言った。わずか六十センチ×二十センチほどの大きさに収まっていたナイロン製のテントは、開くと大人三人がゆっくりと横になれ、極地の天候にも対応した高機能テントらしかった。

いつも通りに夕食を済ませた後、竹雪《たけゆき》はテントの中に入って横たわり、頭から毛布を被った。そうしてじっと時を待つ間、竹雪は激しい緊張に神経を尖らせていた。もちろん一睡もしていない。寝たら朝になっているのではないかと思うと心配で、まんじりともできなかった。

今夜を逃せばもうチャンスはない。そんな切迫感が竹雪を突き動かしていた。

冷静になって考えれば、ザイードに街まで連れていってもらい、そこから逃げだす算段をする手もあったはずだ。しかし、竹雪の頭にはその考えはチラリとも浮かんでこなかった。日が昇る前にザイードを出し抜いて逃れるのだということだけを、夢中で考えていたのだ。

これまではザイードより先に寝てしまっていたので、竹雪は彼が何時頃寝入るのかわからなかった。

眠ったふりをして、ひたすら周囲の気配を探る。

ともすれば薄目を開けて動向を窺いたくなる気持ちを押し殺し、早く夜明け前になってくれないものかとそればかり願っていた。

日が昇る時間はだいたいわかる。竹雪の腕時計はずっと動き続けており、テントを抜け出す時間に迷いはない。問題は、果たしてザイードに気づかれないように外に出られるか、それだった。テントの出入り口は二ヶ所だ。水と食料の在処は確かめてある。ザイードには悪いが、二リットル入りのペットボトル一本とビスケットの箱ひとつ、予備のナップザックに詰めて持ち出させてもらう。高機能テントを始め、ザイードはありとあらゆる事態に備えているかのように様々な装備をしていた。カッシナの成人男子には皆二年間の従軍義務があるとムスタファが話していたが、ザイードはそれ以上に本格的に軍に所属していたのかもしれない。上官と意見が対立した挙げ句に脱走した兵士、そんな勝手な想像までが頭を掠める。ザイードの逞しい体つきを思い起こすと、あながち的はずれだという気もしなかった。

ザイードは竹雪が横になってから一時間ほどしてようやくテントに入ってきたが、眠ったふりをしている竹雪の隣で、三十分あまり読書を続けていたようだ。ランタンの明かりを小さく絞った中、パラリ、パラリと本のページを捲る音がしていた。本を読みながらも、ときおり竹雪の様子を窺っているようで、横寝して向けた背中にはっきりと視線を感じてヒヤヒヤすることが何度かあった。そういうときにはページの進みが遅くなるので、まんざら勘違いではないのがわかる。たぶん、ザイードも今夜は少しだけ神経質になっているのだ。竹雪を今ひとつ信用しきれずにいるのだろう。

竹雪は身動ぎもせずにじっとしていた。

絶対にここから逃げる。自分にもそのくらいの気骨があるのだということをザイードに示したい。そうすればザイードも少しは竹雪を見直すだろう。竹雪はザイードのびっくりした顔が見てみたいとも思った。切れ長の目をスッと細くして、口元に微かな笑みを浮かべるザイードが、脳裏に浮かぶ。その顔に向かって、竹雪はしてやったりという笑顔を見せるのだ。悔しかったらまた追いかけてくればいい。そうして次にかかわりになるときには、きっとザイードも竹雪を子供扱いせず、対等な関係として捉えてくれるに違いない。

ランタンの明かりが消えた。

竹雪の隣にザイードが横になる。

胸が大きく波打ちだした。だめだ。だめだ。こんなにドキドキしていては、ザイードに気づかれてしまう。竹雪は必死になって動悸を鎮《しず》めようと努力する。

テントを出ると決めた時間まで、時が過ぎるのは恐ろしく遅かった。

何度もういいから今すぐに行こうと思ったかしれない。間一髪《かんいっぱつ》でその気持ちを押し留めたのは砂漠を甘く見てはいけないという理性からだ。昼の砂漠は灼熱地獄だが、夜の砂漠は肌に突き刺すような寒さになる。

歩き始めて一時間足らずのうちに日が昇り始めるくらいの出立が、この場合は一番賢い気がした。あくまでも竹雪の素人考えだが、我ながら説得力があると感じて得意になっていた。

ザイードの寝息が聞こえる。

竹雪は注意深くその静かな音に耳を澄ませた。

ザイードが寝ている姿は初めてだ。ザイードはこれまで必ず竹雪より遅く寝て早く起きていた。そして竹雪の寝顔を見たと、二度も意地悪く笑ったのだ。残念ながら竹雪にはザイードの寝顔を見る機会は一生なさそうだ。だが、寝息だけは聞くことができた。もっと盛大にイビキでもかいてみせて欲しかった気もするが、ザイードは寝姿にも隙がない。

今夜限りでザイードとは別れるのだ。そう思うと、なぜか強く後ろ髪を引かれる心地がした。ここから逃げて日常に戻りたい気持ちは確かだ。だが、まだもう少しザイードと一緒にいたい、彼を深く知りたいという思いも、ごまかしようもなく存在し、竹雪に未練を抱かせる。

何を血迷っているんだ。竹雪は自分がどうかしていると思った。

とにかく、逃げるのだ。

堪えに堪えて時間を潰し、とうとう竹雪は計画を実行に移す時を迎えた。

そっと、そうっと毛布を体から剝がし、起きあがる。

物音ひとつたてないように気を配った。

手足が間違って触れる恐れがないくらいの間を開けて、ザイードが休んでいる形の細長い塊が暗闇に浮かび上がる。

大丈夫だ。ザイードはよく寝ている。

竹雪は寝るとき体に掛けていた薄手の毛布を一枚被ったまま四つん這いになり、出口まで這っていった。出入り口の垂れ布を静かに捲り上げる。そこを潜って外に出る前に、もう一度だけ後ろを確かめた。細長い黒山は呼吸のたびにわずかばかり上下に動くだけで、起き出す気配はない。

竹雪は今だ、と飛び出す勇気を爆発させた。

外に出る。

まだ真っ暗だ。冷気が肌を刺す。

竹雪は持ち出してきた毛布をオーバーコートのようにして体に巻き付けると、夕食の支度を手伝う傍らこっそりザイードの目を盗んでテントの裏手の砂に埋めておいたナップザックを掘り出した。

ダークレッドの布をいつものように頭から被る。顎の下で二角をきつく結んだ。

これで準備は万端だ。

竹雪は足音をたてぬようにしてゆっくりとその場を離れた。夜の砂漠は耳が痛くなるほどの静けさに包まれていて、針一本落としてもわかるほどだ。今ここでテントに明かりがついたらなにもかもおしまいだ。竹雪に裏切られたと知ったザイードは怒り狂うだろう。捕まえられたら今度こそ手足を縛られ、自由を奪われるかもしれない。そして、気を変え、街には向かわずまた砂漠の方へと進み始めるのだ。きっとそうに違いないと思った。

気持ちが急く。

心臓が割れそうに鳴る。

息苦しさに何度も足が縺れそうになった。

早くここから離れなければという一心で前に進む。方角はこれで間違いないはずだ。とりあえずザイードが進んできた方向に歩き続ければ、そのうち地平線の彼方に建物の塊や緑が見えてくるだろう。後はそちらをひたすら目指せばいい。竹雪はそれはそんなに何十時間も先のことではないと推測していた。馬の足で三、四時間程度だとして、竹雪の足で休み休み歩いても夕刻までには辿り着けるのではないか。ザイードの話しぶりからもそんな印象を受けた。彼の心積もりでは、太陽が南に昇り詰める前には街に入っているふうだったのだ。

百メートル以上離れて、もう一度だけテントの方を振り返る。

何事も起きていない。テントの辺りは暗いままだ。ザイードは一昨日からの疲れが出て、普段以上に熟睡してしまっているのかもしれない。

いっきに気が楽になった。

ぎくしゃくしていた足運びもなめらかになる。ここまで来れば多少物音をさせてもザイードの耳に入ることはないだろう。

竹雪は寒さを振り切るためにも懸命に体を動かして歩いた。

夜明け前が最も冷えるのだ。竹雪は毛布をしっかり体に巻き、ガタガタと震えながら定めた方向に進み続けた。脇目もふらなかった。

やがて東の空から最初の一筋が差してきた。

目を開けて直視できないほどの眩《まばゆ》さだ。

竹雪は顔を伏せた。

暗かった砂がどんどん青白い色を浮き上がらせていく。

もう何度日の出や日の入りを見ただろう。確かに綺麗だし感動もするが、今はもう、都会の生活に戻りたくてたまらなかった。こんな強烈な朝日ではなく、スモッグにまみれた都会のぼんやりとした朝日が逆に懐かしい。たった四日しか経っていないとは信じられないくらい、砂漠に拉致されてからの日々は竹雪にとって重圧に満ちていた。竹雪の精神は我慢の限界にまできていたのだ。

日が昇ると、たちまち気温が上昇し始める。

この極端な変化には驚くばかりだ。

冷たかった砂は熱に炙られたフライパンの鍋肌のように熱くなる。真っ白い砂に容赦なく照りつける太陽が、ジリジリと音をさせるのが聞こえそうなくらいだった。

熱い。

夜の間は防寒具だった毛布は、昼間は日光を遮る役目を持つ。

砂漠にもいろいろあるが、竹雪が歩いている場所はときどき思い出したように岩が佇《たたず》んだり横たわったりしている以外、さらさらした砂の斜面しかないところだった。四方に目をやってみても、緑のかけらも見当たらない。途中、枯れた河床のような場所に行き当たったが、水はまったく流れていなかった。

竹雪は無理をしないで少しずつ進もうと自分に言い聞かせていた。

岩陰を見つけては涼を取り、持ってきた水を飲む。水はできるだけ飲みすぎないようにと気を遣い、いっきにごくごくと呷《あお》りたくても我慢した。

休むたびに体力をつけようと思って水に浸したビスケットを食べていたが、どうやらそうするとますます喉の渇きが強くなると気づいたのは、ずいぶん後になってからだった。

太陽はどんどん高くなっていく。

熱い。熱くて全身が燃えるようだ。足下の空気がゆらゆら揺れている。

いつもなら必ず木陰か岩陰で休んでいた時間帯だ。そういえば、メタハットたちも真昼には動かず、昼寝して日が傾ぐのを待っていた。

休まないと。

遅ればせながら思ったが、適当な場所が見当たらない。

拭っても拭っても汗が出てきて目に入る。

足はずいぶん前からすでに重くなっていて、引きずるようにして歩かなくてはならなくなっていた。砂漠を歩くのがこれほど重労働とは思わなかった。いや、多少の覚悟はあったのだが、そんな生易しいものではなかったのだ。

砂漠を甘く見ない——竹雪は、決して甘く見てはいないつもりだった。

だが、現実は竹雪の想像を遙かに上回っていた。竹雪が書物や映像で知っていた砂漠は実感をともなわないものだ。過酷な暑さもときおり吹きつけてくる砂まじりの風の辛さも、その場に立ってみなければ理解しようもない。空調の整った部屋で年中過ごしている身には、予想もつかぬことばかりだ。

ザイードは決して竹雪をアスランの背から下ろして歩かせようとはしなかった。自分はときどき、アスランを思いやってか、横を歩くことがあったが、竹雪にはそれがたいしたことではないと映っていた。だから、自分も歩こうと思えば歩けると考えたのだ。

息の乱れが酷くなってきた。

木陰で休みたい。

喉が渇いて渇いて、どうしようもない。水はもうあとほんのわずかしか残っていないが、今ここでそれを飲まなければ、どのみちひからびて死ぬだろう。

死ぬ、という考えが頭を過ぎったとき、竹雪は激しく後悔していた。

やはりあのままおとなしくしていればよかった。

ザイードと一緒にいれば、こんな目にはきっと遭わなかった。

だがもう遅い。

前方にはずっと目を凝らしているが、建物の陰などどこにもない。誰にも行き会わない。岩の数も減ってきて、周囲に広がるのは風紋を描いた砂丘ばかりだ。オアシスが近くにありそうな感じもせず、竹雪の絶望は一足ごとに深まっていた。

ふらふらとした足取りで、砂を蹴散らしながら一歩一歩進んでいく。

すでに方角は見失っていた。目を閉じたまま二、三歩歩いただけでも、自分がどっちから来たのかはっきりとわからなくなる。じわじわした恐怖が足下から這い上がってきた。死の恐怖だ。

霞《かす》みかけた目に、キノコの形をした白い岩が見えてきたのは、それから少ししてのことだった。

竹雪は這うようにそこまで歩き、ようやく辿り着いた岩陰にべったりと座り込んだ。昼の間、太陽は悪魔だった。陰のあるところが唯一の避難場所だ。

肩に食い込むような重さに感じられてきていたナップザックを下ろす。覚束なく震える指でペットボトルを取り出したが、水はもう、一口分しか残っていなかった。もう少しあると信じてここまで来ただけに、ハンマーで頭を横殴りにされたような衝撃を受けた。ショックのあまり全身がぶるぶると瘧《おこり》にかかったように震えてきた。

「ザイード。……ザイード！」

助けて、という言葉が喉に張りつく。代わりに嗚咽《おえつ》が洩れた。父でも母でも、兄でもなく、竹雪の頭にはザイードしか浮かばない。涙もなく喉をしゃくり上げさせる。

激しい渇きに喉を掻きむしりたくなった。

もう唾も満足に出てこない。

体を岩に凭れさせて起こしているのも苦痛になってきて、竹雪は毛布にくるまったまま横になった。

冷えた砂が指に触れる。

竹雪は砂を掬《すく》ってそのまま口に入れ、しゃぶりたいという強烈な欲求に駆られ、もう少しでそうするところだったが、先に意識が薄れ始めてその力が出せなかった。

「ザイード……」

ぽろっと一粒だけ涙が転がり落ちてきて、頬を伝って砂に落ちた。

竹雪、と切羽詰まった声でザイードに呼ばれた気がしたが、それはきっと幻聴なのだと思い、諦めて儚く微笑みながら意識を手放した。

Ⅸ

体温でぬるくなった水がゆっくりと喉の奥に落ちていく……。まるで雨水が地面に染み込むようだった。

もっと。もっと欲しい。

声にならずに唇だけをわななかせると、すぐにまた濡れたものが唇を塞ぎ、舌で送りこむようにして水を移し入れてきた。夢中で喉を鳴らし、それを飲む。

「竹雪」

すぐ間近で呼びかけられた気がした。

そっと頬や額を辿る指先を感じる。

「う…」

竹雪は微かな呻き声を上げ、張りついたようになっていた瞼を薄く開けた。

目の前にあるのが人の顔だと知覚するのにしばしかかる。

長く伸ばされた癖のある黒髪、地中海を映したように澄んだ青い瞳、頭から腰まで覆う大判の白い布――。

「……ザイード…？」

「ああ。俺だ」

肉厚の魅力的な唇が確かにそう動き、声も音として耳に入った。でも、まさか。竹雪は夢見心地でうっすらと笑う。

「これ、夢かな。それとも幻覚？　だって、ザイードが僕なんか助けてくれるわけない」

「ご挨拶だな」

ザイードがあからさまに顔を顰《しか》めた。

夢なら優しい顔だけ見せてくれてもいいだろうに。竹雪は唇を尖らせる。

「やっぱり口が悪い。夢のくせに」

「もういいから黙っていろ。喋ると体が疲れる。喉の渇きもひどくなる。勝手に砂漠を彷徨《さまよ》うつもりなら、そのくらいの知識はつけてからにして欲しかったね」

ここまできてようやく竹雪の意識もしっかりしてきた。

「ザイード……？　本物？」

「竹雪！」

ザイードが呆れ果てたようにこちらを睨む。睨んできながらも、青い目の底には喜色が浮かんでいるようだった。

心配してくれたのだ。探しに来てくれたのだ。

にわかには信じられなかったが、ザイードの顔を見上げていると、じわじわそれが実感として湧いてきて、竹雪の心をかつてないほど晴れ渡らせた。

「僕は死んでない？」

「死ぬつもりで俺の元から飛び出したのなら、残念だったな」

ザイードの口調は皮肉っぽさに満ちていて、言葉の上ではまったく優しくない。しかし、竹雪の上体を抱え起こしている腕は、ありったけの力を込めて毛布に包《くる》んだ身を抱き竦めてくる。濡れた唇に残る柔らかで温かい感触と、移されてきた水が食道を伝い落ちていったことが、あらためて意識されてきた。

「……お水、もう少し飲みたい」

竹雪はそう言って誘うように目を閉じた。意識を取り戻したからといって、コップから自分で飲めと突き放されるのが嫌だったのだ。今はもう少しだけ甘えたくて仕方がなかった。口移しの感触を意識が朦朧《もうろう》としていないときに知りたくもある。

ザイードは安堵混じりの溜息をつき、特に嫌みも意地悪も言わずに水を含んだ唇を竹雪の口にあてがってきた。

あ。頭の芯にじんとした痺れが走る。

竹雪はもう少しで声を洩らしそうになったが、ぴったりと塞がれた唇に吸い取られた。冷えた舌が唇の隙間を開かせてくる。同時に水が流れ込んできた。竹雪は夢中で喉を鳴らし、わずかな水を貪った。

水はすぐになくなったが、ザイードは唇を離さない。

竹雪も離れたくなくて、ザイードの舌に自分の舌を絡ませた。

「僕、こんな……あ」

こんなキスは初めてだ。

頭の中で小さな爆発が立て続けに起きるようだった。

「悪いやつだ」

ザイードが竹雪の舌を痛いくらい強く吸い上げ、ぐっと両腕で体を抱き締めてきた。

唇が離れる。

竹雪は陶然としたままザイードを見上げた。あいにくと毛布にくるまれていて腕が出せなかったが、もし外に出していたなら、自分からもザイードに縋りついていただろう。

「さぁ。せっかくいい雰囲気になったが、ここまでだ。今のうちにもっと北に移動するぞ」

「どうして？」

もう空は暮れかけている。

このままここで夜を明かす方がいいのではないかと思ったのだが、ザイードは強く首を振った。

「低気圧が近づいてきている」

「低気圧？」

確かに春は低気圧の多い季節だ。だが、竹雪にはザイードがなぜそんなに深刻な顔をしているのかわからなかった。

ザイードは竹雪を軽々と横抱きにして抱え上げて立ち上がった。

キスの余韻がまだ醒めず、頭の芯がぼうっとなっている。逞しい腕に抱かれていると、甘苦しい疼きまで生まれてきた。

このままずっとこうしていたい。そんな気にもなってくる。竹雪はひとりで赤くなり、動揺した。

岩陰の向こうにラクダがいる。ザイードはしっかりと砂を踏みしめてそちらに歩み寄っていった。

「アスランは？」

「おまえを助けるためにアスランを死なせるわけにはいかない。あれは、今日中に街に戻るつもりで乗ってきた馬だ。それに合わせて体力を調整させていた。見当違いの方向に砂漠を彷徨っているどこかのばかを捜して追いかけ、二人を背に乗せてもう一度街へ引き返すだけの力は残っていない。させれば間違いなく途中で死んだだろう」

ザイードの真摯な顔に竹雪は胸を衝かれた。嘘でも冗談でもなく、それが過酷な砂漠という環境なのだ。竹雪は自分がいかに甘かったのか、無知で恐れ知らずだったのか、身震いがくるほどに後悔した。

「ごめんなさい……ごめんなさい、ザイード」

涙が出てきて止まらなくなる。

「そんなふうにみっともなく泣くくらいなら、最初から素直に俺の言うことを聞け。アスランは今頃このラクダを届けてくれた商人と一緒に街に着いているだろう。本来なら、俺とおまえも今頃気持ちのいい部屋で休めていたはずだ。これに懲りたら、今後は絶対に、二度と俺を出し抜こうなどと考えるな。いいな?」

竹雪は言葉もなく頷き、濡れた瞳でザイードの鋭い視線を受けとめた。

ザイードがふう、と大きく息を吐く。

「ラクダは馬よりも乗りにくい。落ちないようにしっかり俺に掴まっていろ」

ザイードはそう言って、いったん竹雪を地面に下ろした。

ラクダは四本の足をすべて折り、砂の上に伏している。睫毛《まつげ》が長くて愛嬌《あいきょう》のある顔をした、毛並も綺麗なラクダだった。すでに鞍と荷物が取り付けられ、出立の準備はできている。

「俺が先に前に乗る。おまえは俺がするようにして乗ったら、しっかり俺の腰に腕を回してしがみついていろ。ラクダは立つとき後ろ足から立つ。前にのめりそうになっても俺にさえ摑まっていれば落ちる心配はない。わかったか？」

「うん」

竹雪は神妙に頷いた。

ザイードの後についてラクダの瘤《こぶ》に跨った。ラクダが急に後ろ足を伸ばして立つ。あらかじめ聞いていなかったなら、びっくりして声を上げていたかもしれない。

完全に立ち上がったラクダの背の上は、想像したよりも高かった。落ちたら怖いのでザイードの引き締まった腹にしっかりと両腕を回して抱きつく。

ラクダが歩きだした。

竹雪はザイードの背中に頬を寄せ、もう一度心を込めて謝る。

「ごめんなさい、ザイード。来てくれて……ありがとう。嬉しかった」

ザイードは何も返さなかったが、竹雪の手をぎゅっと一度上から覆うようにして握ってくれた。

無事でよかった。そう言ってもらえた気がする。じわりと熱いものが胸の底から込み上げ、竹雪はまた涙ぐんでしまった。自分がこんなに泣き虫だったとは知らなかった。恥ずかしい。だが、涙はなかなか止まらないのだ。

ラクダの乗り心地の悪さには閉口させられたが、竹雪に不平や不満を言う権利はまったくないと承知していたので、黙って辛抱した。

夜の砂漠をザイードは星を仰ぎ見ながら迷うことなく進んでいく。

心持ち気が急いているのは、じきにハムシーンが来るからだと教えてくれた。もうザイードも何から何まで竹雪に状況を告げずにおくのをやめたらしい。事態がややこしくなるだけだと思ったのだろう。

「ハムシーンって？」

「アラビア語で砂嵐の意味だ」

「砂嵐？」

竹雪は目を瞠った。

砂漠で砂嵐に襲われればいったいどんな被害に遭うのか、考えるだけで恐ろしい。今さらのように身が恐怖で震えてきた。あのまま砂漠で彷徨っていれば、竹雪は砂に埋まって死体すら発見しづらい状況で死ぬはめになっていたかもしれないのだ。

「最初の晩におまえを連れていった砦に避難する。もう、砂嵐の気配はそこまで来ている。風が、強いだろう」

確かにその通りだった。

竹雪はきゅっと唇を噛み、ますます強くザイードの背に体を寄せて抱きついた。怖かった。ザイードの背中が唯一頼れるものに見え、縋らずにはいられない。

「そんなに怯えなくても大丈夫だ」

ザイードの口からようやく軽口が叩かれた。

顔を上げると、前方に見覚えのある岩が並んだ光景が、夜空をバックに浮き出てくる。

「僕はこんなところまで戻ってしまっていたんだ……」

竹雪は愕然とした。まるで逆方向に歩いてしまっていたのだ。

「よく、よくザイードは僕を捜せたね」

続けて純粋な疑問が浮かんでくる。

「どうやって？」

これにはザイードはちゃんとした返事をしてくれず「さぁな」とごまかした。

「おまえが俺を呼んで泣く声が聞こえたんだろう。それとも、すでに切れない縁ができていて、神様が俺をおまえの居場所にまで引き寄せてくれたのかもしれないな」

「……ばか」

なんだか恥ずかしかったので竹雪は小さな声で悪態をつき、目を伏せた。

頬にザイードの体温を感じる。

生きていてよかった。竹雪はつくづくそう思った。

砦までやってきた。

ザイードは竹雪にラクダの鞍から外した荷を持たせると、中に入っているように命令した。自分はラクダを近くの洞窟に避難させてから戻ると言う。

風は嵐の気配をはっきりとはらみ、びゅうびゅうと吹いていた。

もう少しここに着くのが遅ければ、二人と一頭は確実に砂漠の中で立ち往生していたことだろう。竹雪の背筋を緊張が駆け抜けていく。

「気をつけて。できるだけ早く戻ってきて」

「わかっている。心配するな」

ザイードは竹雪に頼もしく答えると、いきなり竹雪の肩を引き寄せ、掠め取るようなキスをしてから、軽く奥に突き放した。

竹雪が唖然としている間に砂が舞う風の中に走り出ていく。

フゲェ、とラクダの鳴く声がした。ラクダも気象の異常に怯えているのだ。

竹雪はざわつく胸を持て余しながら砦の奥に入り、以前にザイードがしていたように、石に囲まれた最奥に積まれている乾いた木片に、発火材の木くずを使ってマッチの火を燃え広がらせた。

ザイードに教わっていたので、このくらいは竹雪にもできる。

祈る思いで気を揉みながら待っていると、二十分ほどしてようやくザイードが戻ってきた。濃紺の衣服は砂まみれだ。強風に吹かれた白い頭巾を外すと、バラバラと粒子の粗い砂が降り落ちた。ザイード自身は落ち着き払っている。

「コーヒー、飲むか？」

「うん」

本当は砂嵐のことがもっと聞きたかったのだが、ザイードがゆったりと構え大丈夫だという態度でいるので、あえて竹雪も考えないようにした。砂漠のことはザイードがよく知っているのだ。竹雪にできるのは、これ以上ザイードの精神的な疲れをふやさないことだろう。

「ラクダはしっかり洞窟の中に繋いできた。不安がっていたのでしばらくついてやっていたから時間がかかった。その間、心細くて泣いてなかっただろうな？」

「泣いてないよ」

竹雪が頬を膨らませて怒ると、ザイードは満足そうに笑い、頷いた。

「いい子だ。火までつけていてくれたんだな」

ポン、と頭を撫でるように叩かれる。

竹雪はふわっとした幸福感で包まれた。こういう遣り取りを繰り返しながらザイードと砂漠を彷徨うのも案外悪くないかもしれない。唐突にそう思ったのだ。

火を囲むようにして座ったところで、ザイードがトルココーヒー専用のジェズベェというコーヒー沸かし器にコーヒー粉と砂糖、水を入れ、焚き火の灰の上に置いた。

「こうしてゆっくりと熱してやると美味しいコーヒーが入る」

竹雪は「ふうん」と相槌を打ち、興味深くザイードのすることを見守った。ザイードはジェズベェの中を時々掻き混ぜながらお湯が沸くまで待ち、いよいよコーヒーが泡だって吹きこぼれそうになったところで火から下ろした。それをデミタスカップに注ぐ。

「熱いから気をつけろ。粉が下に沈んでしまってから、上澄みを啜って飲むんだ。わかっているな?」

「うん。前に街のコーヒーショップで飲んだとき、ムスタファが教えてくれた」

ごく自然とムスタファの名前を口に上らせてから、竹雪は「あ」と気まずくなって俯いた。ザイードは竹雪が自分と会う前のことを話すのを愉快には感じないだろうと思ったのだ。しかし、それは杞憂《きゆう》だったようで、ザイードは自分の分のコーヒーに息を吹きかけて冷ましながら、自分から穏やかな声で「ムスタファというのは?」と聞いてきた。

「日本大使館に勤務しているカッシナ人の男の人。物知りで冷静沈着ないい人だったのに、僕は彼の言うことも聞かずに勝手にスークに入り込んでしまって、盗賊団の連中に捕まったんだ」

「なるほど」

ザイードがからかうような目で竹雪を一瞥した。

火にくべた薪《まき》が乾いた音をたてて爆《は》ぜる。火の粉が竹雪の間近まで飛んできた。驚いて咄嗟に身を避ける。そのためザイードとの距離がわずかに狭まったが、竹雪はあえてそのままそこに落ち着いた。

「ムスタファは何歳くらいの男だ？」

「さぁ」

竹雪は首を傾げ、返事に悩む。聞いたと思うのだが、忘れてしまっていた。

「あ、そうだ。アシフ殿下と同い年だと言っていたけれど」

答えてから竹雪はトルコヒーの上澄みをひと啜りした。濃厚な味が口の中に広がる。熱い液体は胃の腑に染み渡り、竹雪に生きているのだという実感を与え、嬉々《きき》とさせた。あんな不毛の大地で死なずにすんで本当に幸運だった。まだまだ竹雪は生を諦めるほど達観していないことを思い知った。恋も愛も知らずに死ぬなどまっぴらだ。

「アシフ殿下は今年二十六のはずだ」

ザイードが淡々と言う。

「ザイードは？」

竹雪が興味あるのは、アシフ殿下の歳でもムスタファの歳でもなく、ザイードの歳だった。

「いくつに見える？」

だが、肝心のこととなるとザイードは相変わらずはぐらかす。自分に関することはほとんど何も答えようとしないのだ。竹雪は焦れて腹立たしくなってきた。

「たぶん、あなたには妻が四人と子供が十人くらいいて、あなたがせしめてくる金銀財宝で、街の一等地にある豪邸で贅沢三昧《ぜいたくざんまい》に暮らしているんだろうね！」

「それはまた大胆な想像力だ。金銀財宝だなんて、いったい今を何世紀だと思っているんだ？アラビアンナイトから一歩も成長してないな、おまえ」

「そっ、……また、そんな……！」

竹雪は茹《ゆ》でたたこのように真っ赤になっている自分を自覚した。頬が火照っている。焚き火の傍にいるせいばかりではない。

「あいにくだがな」

ザイードはコーヒーカップの縁越しに竹雪を見やる。

「俺にはそんな甲斐性はない」

声は穏やかに落ち着き払い、言葉とは裏腹にまんざらでもなさそうだ。

「ねぇ？」

竹雪は思い切って言ってみた。恥ずかしさから顔は火の方に向けたままだ。それでも耳朶が真っ赤になっているのがわかった。これを言いだすには、相当な勇気と決意が必要なのだ。

「もし、なんだったら、僕はザイードとずっとこうして暮らしても、いいよ」

ザイードの動きがぴたりと止まる。

「どういう意味だ？」

問う声には、先ほどとは打って変わって、驚きと戸惑いが表れている。軽々しいことを口にするんじゃないと諫《いさ》めるような口調だった。

「……こういう生活も案外楽しいのかなって思って」

「楽しい？　まだ砂漠の怖さがわからないのか、おまえは？」

「違う！」

竹雪は怒りまで混じってきたザイードの言葉に、顔を向き直らせて真剣に反論した。

「違うよ、ザイード。僕は砂漠を侮《あなど》った自分を恥じている。僕が言いたいのは、砂漠にずっといたいということではなくて……その、ザイードと一緒にいたいということなんだ」

「それはまた、どういう風の吹き回しだ？」

ザイードの瞳が信じがたそうな色を湛《たた》える。

竹雪はこくりと音をさせて喉を上下させ、飲み干した後のデミタスカップを砂の上に置いて、今度は体ごとザイードに向き直った。

「わからないよ、どうしてかなんて……」

羞恥に声が掠れる。

竹雪は何回も瞬きした。ザイードの視線に晒されているのが、とてつもなく気恥ずかしい。同性を相手にこんな気持ちになるのは初めてだ。竹雪はすっかりおかしくなっている自分を持て余していた。

「竹雪」

短い沈黙の後、ザイードはおもむろに立ち上がると、洞窟の出入り口に向かって歩き始めた。

「どこに行くの、ザイード！」

慌てて竹雪も立ち上がりかける。

しかし、ザイードに「そこに座っていろ」と有無を言わさぬ調子で命じられ、なぜか逆らえずに座り直していた。ふとしたときに垣間見るザイードの迫力、威厳は、圧倒的な支配力を持っていて、おいそれと逆らうことはできなかった。

「火の方を向いているんだ。おまえは今日の無茶で疲弊《ひへい》しきっている。じっとおとなしく座っていろ」

竹雪は反論したくてもできずに言いつけに従い、飛び散る火の粉を見つめ、耳だけ欹《そばだ》てた。

互いに背を向け合ったままで、ザイードが低く静かな声で話す。

「悪かったな。俺の冗談が過ぎたようだ。まさか、嫁にする云々をおまえが本気にするとは思わなかった。あれは単におまえをからかって言っただけで、深い意味はなかったんだが」

「……」

どんな相槌の打ちようもなくて、竹雪はそっと唇の端を歯で押さえたまま黙っていた。

「おまえ、日本では相当な金持ちの御曹司なんだろう？　大使館の職員をお付きにしていたくらいなんだから、もしかすると皇室に近い血筋なのか？」

「近くはないけれど」

竹雪は曖昧に答えた。五代前くらいまで遡《さかのぼ》れば無関係ではなかったが、そんなことがザイードに関係あるとも思えない。

「とにかく、おまえは世間知らずのお坊っちゃまというわけだ。からかって悪かったな」

全部冗談だ。ザイードは少しも竹雪のことに興味がないのだ。そう言われたのと同じなのだろう。熱いキスもただの弾みで、そもそもは救命活動としてした行為の延長にすぎなかった。きっとそう言いたいのだ。砦を一度出ていくときしたキスにも、なんの意味もなかったと、すべて否定されたのである。

竹雪は肩を落とした。

「わかった」

虚ろな声が出る。

ザイードも「惑わせて悪かった」と暗く沈んだ調子で受けた。

「少し風が収まったようだ。ラクダの様子を見てくる」

「ザイード！」

慌てて竹雪が振り向いたとき、ちょうどザイードの姿は出入り口へと続く狭い通路の奥に消えていった。

竹雪はザイードが戻ったときにどんな顔をすればいいのかわからず、困惑した。きっと受け入れてくれるはずだと思っていたのに、土壇場《どたんば》になってザイードは竹雪が負担になったのだろうか。旧華族出身だと知り、腰が退けたのだろうか。まさか。あんなに剛胆で高飛車な態度で竹雪を翻弄する男が、今さらそんなことを気にするなんて。竹雪はどうしてもすんなり納得できなくて、釈然としなかった。

砂の上に敷かれたキリムに横たわって瞼を閉じる。すぐにザイードの男らしい顔が浮かんできた。ツキッと胸が痛み、甘酸っぱいものが込み上げた。

「ばか。なにが冗談だ……！　ばか」

さらさらの砂を掬っては岩壁に向けて投げ捨てる。竹雪は何度もそれを繰り返すうちに、悔しさと憤りに泣けてきた。今夜は本当に涙腺がおかしくなってしまっている。こんなに何度も何度も泣いたのは初めてだ。

泣きながら砂を壁に投げつけているうちに、腕が疲れて眠くなってきた。

振り上げた腕ががくんと落ちる。砂が髪の毛に降り落ちた。そのままとろとろした眠りに身を委《ゆだ》ねようとしたときに、人の気配を感じてはっとした。

「……なにをしていたんだ、まったく」

外から戻ってきたザイードの呆れ果てた呟き声が、すぐ耳元でする。竹雪はそのまま目を閉じていた。今ザイードと顔を合わせるのは照れくさかった。

ザイードは竹雪が本当に眠っているのだと信じたようだ。そっと慈しむような指使いで髪にかかった砂を払い落としてくれた後、しばらく寝た顔を見つめる視線を感じた。

竹雪はこそばゆくて堪らず、もう少しで実は起きていると言って目を開きそうになった。

その矢先、不意に顔を寄せてくる気配がして、あっという間に唇にキスされた。キスはほんの一瞬のことですぐにザイードは身を起こしてしまったが、竹雪の胸中は爆弾を落とされたようにぐしゃぐしゃになっていた。

どういうこと。どういうことだ、これ。

わからない。ザイードの気持ちがちっともわからない。

そうこうしているうちに本格的に眠くなってきて、竹雪は考え事に耽《ふけ》っていられなくなってきた。

明日になれば、なにか変わっているだろうか。

いや、おそらくなにも変わりはしないだろう。

最後に考えたのは、そんなことだった。

X

一日分の行程を丸々無駄にしてしまったことに対しては、ザイードはいっさい竹雪《たけゆき》を責めなかった。

朝、洞窟の外に出てみると、砂嵐はやみ、普段と変わらぬ晴天が広がっていた。今日も暑くなりそうだ。

朝食を済ませると、すぐにラクダに乗って出発する。

今度はオアシスには寄らない、とザイードは言った。起きて顔を合わせたときからザイードはいつにも増して無口で、それがようやく喋ったまともな言葉だった。むすっとしてはいるのだが、不機嫌というのとは少し違う。心の中でなにか激しく葛藤することがあるようで、そのことを考えるので手いっぱいになっていて他まで気を回せない。そういう印象を受けた。

ザイードの腹に両腕でしがみつき、乗り心地の悪いラクダに揺られて熱砂の砂漠を行く。

今度は竹雪にもザイードが街へ向かっているのがはっきりとわかっていた。街に着いたら、たぶん竹雪を日本大使館へと連れていくつもりだろう。ほぼ間違いない気がした。

本来ならそれは願ってもないことのはずなのに、竹雪の憂鬱と焦燥、寂寥感《せきりょうかん》は増すばかりだ。昨夜ザイードに勇気を出して素直な気持ちを告白したが、ザイードの返事はノーだった。竹雪は珍しく動揺していたザイードを思い出すたび、忸怩《じくじ》とした気分に侵される。もともとザイードの方が竹雪を攫ったのだ。最初から我がものにするつもりではなかったのか。それが、竹雪から一緒にいたいと告げた途端、まるで自分のした行為に恐れを抱いたように狼狽し、今までのことはなかったことにしたいような発言をして竹雪をがっかりさせた。卑怯者、と詰《なじ》ってやりたくなる。

もしかするとザイードは、昨日の竹雪の言葉が一時的な錯乱状態のせいだと思ったのかもしれない。確かに極限状態に置かれた直後だったから、竹雪も昂《たかぶ》り、平常心を保っていたとは言い切れない。死の恐怖から救われたばかりで、あのときはザイードだけが竹雪の唯一頼れる存在だった。その気持ちが高じて一緒にいたいという突拍子もない発言をした、というのを、竹雪自身も完全には否定できない。

……でも、本当に、本気で言ったのに。

竹雪は消沈し、せつなさに胸を痛めた。

ラクダの歩みの一歩一歩が、竹雪にザイードとの別れの時が近づいていることを感じさせる。街に戻れば兄夫婦が待っている。さぞかし心配し、気を揉んでいることだろう。ムスタファも大変な失態をしたと、四方から責められたかもしれない。

そういった現実的なことを考えだすと、竹雪にも実際問題としてこのままザイードといられるわけがないと痛感してきた。日本にいる両親も、事件を聞いてカッシナに飛んできている可能性がある。へたをすれば、日本人誘拐事件として国際問題にまで発展していることも考えられた。竹雪のちょっとした気まぐれが、あっちにもこっちにも甚大《じんだい》な迷惑をかけているのだ。ザイードのことも大事だが、それよりもまず、そっちを片づけるのが先決だった。

真昼の盛りは岩陰で休んでやり過ごし、少し涼しくなってまた先へと進む。

進むにつれて、二人の間の会話は本当にぽつぽつとした必要最低限の受け答えにまで減ってきた。お互い自分自身の考えに耽り、黙々としていても気にする余裕がないような様子だ。最初の頃のような重苦しい沈黙とはべつの沈黙が、二人の間に降りている。

日が沈み、砂漠に再び夜がきた。

ザイードはいつもより少し早めにラクダを止めた。

「今夜はここで寝る」

数時間ぶりの声に、竹雪はドキリとした。渋みのある凛としたザイードの声ひとつで、胸がざわめく。変だと自覚しているが、自分でもどうしようもない。男同士なのに、ザイードを尋常でなく意識してしまう。こんな感情を抱いたのは生まれて初めてだ。

「どうした?」

いつまでもぼうっとしている竹雪を見咎め、ザイードが顰めっ面になる。

「あ。なんでもない。ごめんなさい」

別れるときが近づいてきている確信が一刻ごとに強まる中、竹雪は焦れば焦るだけぎこちなくなる不器用な自分に嫌気が差してきた。今のうちにもっといろいろ話しておきたいことがあるのではないか、と思っても、いざザイードと向き合うと、頭の中が真っ白になってなにも浮かんでこなくなる。

まさかこんなふうになるとは、予測もつかなかった。攫われた晩、ザイードに抱いた恐れと不安、怒りなどが嘘のようだ。だが、よくよく考えてみれば、最初に機内で話しかけられたときから、竹雪は心の奥底で自然とザイードに惹かれ、魅せられていたことを認めざるを得ない。

「あっちの岩場の陰に乾燥した古枝や木片が落ちているはずだ。拾い集めてきてくれ」

ザイードがそう言って、竹雪に懐中電灯を差し出した。

あっち、と示された方向に竹雪は歩いていく。石灰石でできた丸い岩陰までは五十メートルほど離れていた。もっと岩の近くにテントを張ればいいのにと思う。暗い中を一人で歩いていくのが怖いなどと女々しいことは言わないが、なんとなく違和感を覚えた。

砂地を懐中電灯で照らしつつ、ザイードが取ってこいと言った木片や枯れた木の枝を集めてまわる。

焚き火をするのもきっと今夜が最後だ。

そう思うと、少しでも長く火を燃やせるように、腕いっぱいに抱え込めるだけのものを抱え込んだ。

作業に没頭していた竹雪は、背後に人の立つ気配を感じるのが遅れた。

腰を屈めて落ちている枝に腕を伸ばしたとき、偶然足の間から黒っぽいブーツを履《は》いた足が見え、びっくりして立ち上がり、後ろを振り向こうとした。

「だ、誰っ？」

ザイードでないことは確かだ。

だが、竹雪が完全に身を起こす前に、相手が竹雪の体を羽交い締めにした。

「うわっ、なにをするんだ、放せ！　放せよ！」

必死に抵抗し、身を捩るうち、腕に抱えていたものがバラバラと足下に落ちていく。

「ばかっ、嫌だ！　放せ」

これで三度目だ。いったいなぜ僕ばかり。竹雪は度重なる不遇に呪いの声を発したくなる。冗談じゃない、これ以上自分の意思を無視されてたまるか、という強烈な反発心が生まれた。そのためにこれまで以上に激しく抵抗したつもりだが、相手の力はとてつもなく強くて、どうやっても振り解けない。それほど大柄な男でもないのに、巧みに竹雪の抵抗をかわし、封じるのだ。

「ザイード！　ザイードっ！」

ずるずると引きずられながら、竹雪は精一杯の大声で助けを求めた。

きっとザイードが助けてくれる。この声が聞こえないはずはない。そう信じて叫んだ。

「助けてっ、連れていかれる！　ザ……うっ」

いきなり革手袋をした手で口を塞がれた。

「むぐ……う、う」

声を出せない。

竹雪はめちゃくちゃに首を振り、必死に逆らった。

嫌だ。絶対に嫌だ。

ザイード！

しかしザイードは現れず、竹雪は口をしっかりと塞がれたまま、強引に引きずられていった。

岩陰にジープが停めてある。

運転席に、仲間と思しき男の影が見えた。

抵抗も虚しく後部座席に押し込まれ、竹雪を連れてきた男が続けて横に乗ってくる。

「出せ」

ドアをバタンと閉めるなり男がくぐもった声で運転席の男に命令した。

ジープは直ちにエンジンをかけ、砂を嚙む音をたてて発進した。反動で体がシートの背凭れに引きつけられる。

竹雪はなおも諦めず、ジープの窓から顔を突き出して、助けを呼ぼうと声を張り上げかけた。

そこを肩を摑んで引き留められる。

「竹雪さんっ！」

今度の声には聞き覚えがあった。

えっ、と振り返ると、竹雪の横にいるのは大使館の現地スタッフ、ムスタファだ。

竹雪は驚愕に目を丸くした。

「ムスタファ？　ど、どうして？」

「竹雪さん！」

ムスタファが竹雪の体をあらためて抱き締めてきた。

「ご無事でよかった。本当によかった、よかった」

「ムスタファ……」

ムスタファの声が震えている。竹雪は胸が詰まり、言葉をスムーズに出せなくなった。

まさかムスタファが助けに来てくれたとは。思いがけなくて、嬉しさや安堵、自分のおかした人騒がせな行為を恥じる気持ち、そして挨拶もできずにザイードから離れざるを得なかったことへの後悔などがいっきに湧き出てきて、思考に収拾がつけられない。

「心配かけてごめんなさい。勝手なことをして、ごめんなさい」

竹雪が涙声で謝ると、ムスタファは何度も深く頷き、白い歯を覗かせて泣き笑いのような表情をした。

「大丈夫でしたか？　どこにもお怪我はありませんね？」

顔を見せてください、と言ってムスタファが、手袋を外した両手で竹雪の顔を包み込むようにして撫でる。竹雪は恥ずかしさが倍加し、目を伏せてやり過ごした。

「参事官ご夫妻も大使も大変ご心配されておいでですよ。お叱りを受けるのは覚悟なさってください」

「……うん。僕が悪いんだから。日本から誰か来ているの？」

「いいえ。参事官のご判断で当面は伏せておくことになっておりました。今夜こうして無事にお戻りですので、よけいなご心労をおかけすることなく済まされ、幸いでした」

竹雪もムスタファの返事に胸を撫で下ろす。さすがは冷静沈着な兄だ。心から感謝しなければいけない。

「それにしても、よく僕の居場所がわかったね」

「ええ」

ムスタファは意味深に微笑んだ。

「蛇《じゃ》の道はヘビです」

今ひとつ要領を得なかったが、それ以上聞いてもムスタファは教えてくれそうになかったので、竹雪もこの件に関しては口を噤んだ。

「乱暴なことは、されませんでしたか？」

ムスタファがあらためて聞く。なぜか、ムスタファには竹雪が自分を攫った男に別れがたさを感じていることを見抜かれている気がして、妙にきまり悪かった。

「されなかった。……むしろ、無謀に砂漠に飛び出した僕を、彼は助けてくれた」

「そうですか」

「……僕を最初に誘拐したのは、あの男じゃないよ」

「わかっています。スークで集めた情報から、あなたを連れ去った盗賊団のことは調べがついていました。連中を取り調べたところ、最初はしらばっくれていましたが、あなたを攫ったことを認め、途中で何者かに横取りされたことまで喋ったんです」

「彼は、僕を明日にも大使館に送り届けてくれるつもりだったんだ。だから……」

「ご心配なく」

ムスタファは竹雪の憂慮を吹き消すように確信的な口調で言う。

「誰も彼を罪には問いません」

「よかった」

竹雪が思わず安堵の溜息をつくと、ムスタファの聡明そうな目が細まった。

「どうやら、『砂漠の鷹』は今回一番厄介なものを盗んだようですね」

えっ、と竹雪が伏せていた顔を上げたとき、運転席にいた迷彩服姿の軍人の肩越しに、街の明かりが見えてきた。

久々に目にする人工的な光の集まりだ。

竹雪はやっと帰ってきたのだとまざまざ感じ、目頭を熱くした。やはりこの景色が一番安心できる。都会育ちの竹雪にとって、街というのは最も馴染んだ場所なのだ。たぶん、竹雪は都会を離れて暮らす生活には順応できないだろう。少しの間ならば目新しさを愉しめても、ずっととというのは苦痛でしかなくなるに違いない。ザイードにはきっとそれがよくわかっていたのだ。今さらながら竹雪は思い当たった。

結局、ザイードは竹雪と住む世界の違う男だったのだ。

そう割り切ろうとするのだが、竹雪はやはりまだ納得しきれず、心に迷いと後悔が渦巻いていた。

この胸が焼けるように熱くなる思いは、それほど簡単に忘れられるものではなさそうだ。

いっそ、抱かれればよかった――竹雪はそんな大胆なことまで考えてしまい、我に返って赤面する。ばかみたいだった。男同士なのに。第一、もしザイードが本気だったのなら、彼にはいくらでも竹雪を抱くチャンスはあったはずだ。それをしなかったということは、やはり口先ばかりの冗談でからかわれていたとしか思えない。

考えれば考えるだけ虚しさが募る。

竹雪は気分を変えるため、流れる車窓の景色に視線を転じた。

すでにジープは郊外の幹線道路に入っている。新しく造られたばかりのバイパス線だ。この道を真っ直ぐに行けば、やがて首都ラースの中心街に行き当たる。

街灯の黄白色の光を次々と見送りながら、竹雪はザイードの引き締まった男らしい顔を脳裏に描く。

あんな強烈に印象的な男には、きっと二度と会えない。

だが、どれほど求めても、あの男は竹雪が手に入れられる男ではないのだ。

諦めて、一日も早く忘れなくては、辛いばかりになる。

「竹雪さん」

ムスタファから控えめに声をかけられ、竹雪は隣を振り返った。

「今夜は大使館の賓客室にお泊まりください。皆、集まっています。竹雪さんを救出したという報告を、皆さん大使館で待ちわびていらっしゃったんです」

もちろん竹雪に異存はない。皆への申し訳なさばかりを感じる。はい、と深々頭を下げた。

「それから、もしかすると明日、国王陛下に対しても無事だったご挨拶をしていただくことになるかもしれません」

これには竹雪も「ええっ？」と驚き慌てた。

「そ、そんな。僕、陛下にお目にかかっても……」

「大丈夫、ムハンマド陛下は気さくな方です」

「でも、どうして陛下の御耳にまで今度の件が伝わったの？」

「たまたまなのですが、あの誘拐のあった日、大使閣下と参事官はかねてより謁見《えっけん》を願い出ていたアシフ殿下がようやく戻られたということで、王宮にいらっしゃいました。それで第一報を受けた際、陛下と殿下も事件をお知りになられまして、以来ずっと胸を痛めておいでだったという次第なのです」

うわ、と目を覆いたくなった。

兄に叱られ、大使に頭を下げるだけではなく、この国の統治者にまで謁見して無事を知らせる挨拶をするのかと思うと、恐縮してしまって膝が震えてくる。つくづくザイードとこのまま放浪していてもいいなどと考えた自分の浅はかさに恥じ入るしかない。そんなことをしていれば、本当に大変な騒ぎになっていただろう。

三十分後、ジープは竹雪にも見慣れた大使館へ行く道筋を走っていた。

兵士たちに警備された大使館の門を潜り、敷地内に入っていく。

三階建ての堂々とした白亜の建物は、ところどころの窓にポツポツと明かりをつけていた。腕時計に目をやる。午後十時前だった。

正面玄関の車寄せにジープが停まった。

ムスタファが先に降りて、竹雪に手を差し伸べる。

「竹雪！」

「竹雪さんっ！」

開け放たれていた玄関扉から篤志《あつし》と義姉の政子《まさこ》が飛び出すように駆けつけてきて、ジープから降りたばかりの竹雪の元にやってくる。

「ああ、無事だったのね！　よかったわ！」

政子が竹雪の首に両腕を回し、抱きついてくる。妊娠五ヶ月の身重の体でぶらさがられると、細い竹雪はよろけそうになった。

「竹雪」

「兄さん」

竹雪は政子が体を離したところで兄と向き合い、神妙な顔で「ごめんなさい」と謝った。駆けつけてきたときには感情を露わにして顔を少し上気させていた兄だが、もう平静を取り戻しているる。だが、普段に比べると、今度は顔色が少し青くなっているようだ。そのためますます冷淡で無感情な様子に見える。

謝るときに下げた頭を戻し、兄と目を合わせたとき、いきなり左頬をきつく平手打ちされた。

「あなたっ！」

政子がびっくりして金切り声を上げる。

「なにも叩くことはないじゃない！」

「きみは黙っていろ」

「でも……」

生まれて初めて頬をぶたれて呆然としている竹雪と、平常は冷静この上なく手を上げることなど考えられない夫の間でおろおろする政子を、遅れてやってきた大使が「さぁ、政子さん。ここは兄弟二人にして、あちらでお茶でも飲みましょう」と連れていく。

運転手はジープを駐車場まで持っていき、ムスタファも一礼して館内に消えた。

二人だけになったとき、竹雪はじわじわと腫れてきた頬を指で触り、項垂《うなだ》れたまままもう一度謝った。

「ごめん、ごめんなさい……。心配かけて、ごめんなさい」

「まったく、おまえというやつは！」

今度はいきなり抱き締められた。

兄の声が震えて掠れかけている。今までなかったことだ。

「兄さん」

竹雪も兄にしがみついた。兄の腕にさらに力が籠もる。

「どれだけ心配したと思うんだ。もしものときには父さんたちになんと知らせればよかったんだ！　もう、もう、二度とこんな思いをさせられるのはごめんだぞ」

「ごめんなさい」

竹雪は音の飛んだレコードのようにその言葉ばかり繰り返す。それ以外、言葉が見つからなかった。

「この甘ったれの世間知らずが。私も含めてみんなでばかみたいに甘やかしたせいだ。末っ子だから、父と母が老いてからやっと恵まれた二人目だからと、苦労の『く』の字もさせずにやってこさせて。来月からの勤めにしても、しょせんは社長室付きの特別待遇だ。こんなことでいいのかと不安になって、少しは見聞を広める足しになるかと考えカッシナに来るのを歓迎したが、だからといってこんなばかげたことになるとは夢にも思わなかったぞ」

そこで兄は嗚咽を呑みこむように喉を鳴らした。

大きな手が竹雪の後頭部をそろそろと撫でる。

「殿下が必ずおまえを連れ戻させる、と約束してくださり、五日だけ待ってくれとおっしゃったとき、はっきり言って俺は半信半疑だった。だが、殿下を信じてよかった。おまえはこうしてちゃんと無事に戻ってきたんだからな。俺はクリスチャンだが、今回ばかりはアラーの神に感謝したい気持ちだ」

「もう二度と勝手な真似はしない。約束します」

「ぜひともそうしてくれ。皆がおまえを愛してる」

竹雪はこくんと頷き、ようやく兄の胸から顔を上げた。

見上げた兄の目は赤く充血している。きっと竹雪の目も同じようになっていることだろう。

二人は視線を合わせると、どちらからともなく口元を綻ばせ、微笑した。

「……少し灼けたな。鼻の頭が赤くなっている」

「でも、砂漠にいたわりには灼けていないでしょう?」

「ああ。驚いた。砂漠の太陽もおまえには甘かったらしい」

本当は砂漠で脱水症状を起こして死にかけたのだが、竹雪はそのことは自分の胸だけに留めておく決心をした。これ以上よけいな心配をかける必要などどこにもない。竹雪は無事だったのだ。ザイードのおかげで。

竹雪はザイードのことを思い出し、激しい恋しさを覚えた。

つい何時間か前まで一緒にいたのに、今は離ればなれだ。そしておそらく、もう一生会えない。

このまま帰国したくない。

竹雪は強くそう思った。しかし、残ったところで再び会えるかどうかは神のみぞ知るだ。なんといっても、まっとうな生活をしているうちは縁のなさそうな男なのである。

「とりあえず、風呂に入って疲れと汚れを落とすんだ。そして今晩はもう寝ろ。明日、王宮に出向いて陛下にお礼を言い、迷惑をかけたことをお詫びするんだ。いいな」

「うん。……殿下には？」

「運がよければ会えるだろう。なにせ、一時もじっとしていらっしゃることのない活動的な方だ」

話しながら、大使館の玄関広間を抜けて賓客用の部屋がある左翼の廊下を進む。

途中、通り抜けなければならなかったホールの一角のソファセットに、大使と義姉の姿を見つけた。二人は歩み寄ってきた篤志と竹雪を目に入れると、飲んでいた紅茶をテーブルに置いて立ち上がる。竹雪はここでもまた何度となく頭を下げて謝った。義姉は竹雪の頬の腫れを気にしていたが、竹雪が「僕が悪かったんです」と言って笑ってみせたら、やっと胸を撫で下ろしたようだ。大使は「とにかく安心した」と繰り返し、目尻を下げていた。

竹雪は案内された部屋で一人になって落ち着くと、早速バスタブにお湯を溜めて五日ぶりに入浴した。

全身についた汗と埃《ほこり》を、石鹸《せっけん》を泡立てたタオルで洗い清める。

一度オアシスでも水に浸かってタオルで体を擦るだけはしたことを思い出す。竹雪はタオルを置き、泡だらけの体を見下ろした。ザイードは竹雪の裸を見てどう感じただろうか。想像していたより貧弱で、がっかりしたのかもしれない。ザイードの嗜好はわからないが、竹雪のように痩せて骨張った体より、柔らかくて抱き心地のいい体の方が、セックスするには気持ちよくて楽しいに違いない。だからザイードは思わせぶりなことばかり言う口とは裏腹に、竹雪に手を出さなかったのだ。

——でも、キスはしてくれた。それも、何度もだ。

竹雪はシャワーの湯を頭から浴びながら、そっと股間で揺れるものを手のひらに包み込んだ。

きゅっと茎全体を軽く揉む。

「……あ…っ、あ」

予想を上回る快感が全身を駆け抜け、思わず声が出る。

ザイードのことを考えたからだ。だからこんなに体が興奮し、感じやすくなっている。

竹雪は自分の手をザイードの手だと想像し、熱に浮かされたような時に身を委ねた。恥ずかしいことをしている自覚はあったが、一度火がついた体は、放出しない限り鎮まらなくなっている。

「ああ、あ、ザイード……！」

目の前にあるタイルの壁に白濁とした飛沫が散り、竹雪は荒々しく息を吐いた。

別れてから本気で好きだったのだと気がついた。ただ一緒にいられればいいという程度のことではなく、男同士だろうと構わないから抱き合ってひとつになりたいと希求する。こんなに激しく誰かを欲しいと思ったことはかつてない。

苦しくて苦しくて、胸が壊れてしまいそうだった。この先、竹雪はずっとこんなふうにするたびにザイードの長く綺麗な指を思い、惨めに自分の手を汚すのだ。

髪を乾かし、バスローブをシルクのパジャマに着替えた竹雪は、そのままふかふかのベッドに倒れ込んだ。

なにもいらない。

なにもいらないから、もう一度だけザイードに会いたい。

叶うはずもない思いが竹雪の頭をぐるぐる駆け巡る。

竹雪はベッドに突っ伏したまま、声を噛み殺して泣いた。泣きながら、明日王宮に行ったら、夜発つ便に乗って、行き先はどこでもいいからこの国を出ようと思った。いつまでもここにいては、ザイードを思い切るのが困難だ。そんな気がした。軟弱者と誹《そし》られてもいい。竹雪にとって、これは初めての真剣な恋なのだ。二十二年間生きてきて初めて、自分以外の他人を、他のすべてよりも愛しいと感じられた。

泣きながら寝たせいで、翌朝起きて鏡を覗くと、瞼が腫れていた。

昨夜兄に殴られた頬の痕は消えていたが、いかにも情けない顔になっていて、本当にこんな顔で国王陛下に会わないといけないのかと気後れがする。

朝食のテーブルで一緒になった兄夫婦や大使も、竹雪の元気のなさになにかと気を遣ってくれた。竹雪は申し訳なくて、精一杯明るく振る舞うように努力した。

服の着替えは兄に言われた義姉が用意してくれており、竹雪はディナー用に日本から持ってきていた燕尾服《えんびふく》で正装した。プライベートとはいえ国王陛下に会うのだから、礼儀は尽くさなければならない。

午前十時きっかりに迎えの車が来た。

黒塗りの長いリムジンだ。

竹雪の他、大使と兄が乗り込み、助手席にはムスタファが座った。

走りだした車の中で、竹雪はひときわ大きな深呼吸をして、激しい緊張感に震えている体をどうにか落ち着かせた。

XI

カッシナ国王ムハンマド三世は、血色のいい丸顔に口髭と顎髭を綺麗にたくわえた、穏やかな君主だった。瞳の色は淡い茶で、陽光に透《す》かすと紅茶の色に見える。

堅苦しいのはなしにしようと言って、国王は謁見場所に歓談用の客間を選んだ。

「なにはともあれ大事に至らなくて安堵した」

国王は旧友の息子を抱くように竹雪《たけゆき》を抱き締め、頬に軽くキスしてくれた。

「我が国の治安はまだまだいいと言えないのが辛いところだが、今後とも司法当局と相談して、少しでも国民や旅行者に安全を約束できるよう努力していきたいと思っている。今回の件は重々お詫び申し上げる。竹雪、怖い目に遭わせて本当に悪かった。このことで我が国に対する印象のすべてが悪くならなければよいのだが」

「そんな。もったいないお言葉です」

竹雪が恐縮すると、兄も横から深々とお辞儀しながら言い添えた。

「まったくです、陛下。今回のことは、すべてこの愚弟の無知や警戒心のなさが招いたことにございます。無事救出していただきまして、お礼の言葉もございません」

「お力添えいただきまして、ありがとうございました」

続けて大使も口を差し挟む。

「まぁ、そう堅苦しくならず」

国王は三人にソファセットを勧めると、呼び鈴を鳴らしてチャイとお茶請けの上品な菓子を運ばせた。菓子はサニョラという砂糖菓子で、柔らかな口当たりだった。ぱっと見はスイートポテトに似ている。

「ところで陛下、本日アシフ殿下はいかがなされておられますでしょうか？」

いらっしゃるのならぜひご挨拶と御礼を、と言う大使に、国王は困ったように首を振る。

「昨晩戻ってきたのだが、本日そなたたちが王宮を訪れる話をしても、自分はたいしたことはしていないから会って礼など言われても面映ゆいと、顔を見せたがらないのだ。悪いな」

「ああ、いえ。こちらも無理を申し上げても、かえってご無礼をしてしまいますので」

「あれには、そなたたちがよろしく言っていた旨《むね》、伝えておこう」

「は。どうもお気遣いいただきまして、ありがとうございます」

謁見は二十分ほどで終わった。

主に大使が国王の相手をしてくれたので、竹雪と篤志《あつし》は最初に礼だけ述べると、後はずっと静かに話を聞いているだけですんだ。

恭しくお辞儀して、客間を出る。

大使と兄はそのまま大使館に出勤することになっており、来るとき迎えにきたリムジンで再び送ってもらうことになっていた。

「竹雪さまにはべつにお車をご用意いたしますので、しばらく中庭でお待ちいただけますでしょうか?」

「わかりました。どうもお手数をおかけしまして申し訳ありません」

竹雪に代わって兄が答える。

竹雪は二人とムスタファを車寄せで見送り、王宮に仕えているアラブ衣装の男性の案内に従い、中庭を囲む回廊まで来た。

白とグリーンの大理石をチェス盤のように敷き詰めた廊下には、数メートル置きにこれまた大理石の円柱が立ち並んでいる。円柱の上下には美麗な彫刻が施され、二階部分の回廊を支えていた。よく磨き込まれて鏡面のような光沢を放つ廊下は、うっかりすると滑りそうだ。

中庭は大きく、緑で溢れていた。珍しい花もたくさん咲いている。

顔を横向けて庭を眺めながら歩いていると、不意に前を歩いていた案内の男が立ち止まり、廊下の端に避けて腰を直角に曲げ、恭しくお辞儀して畏まった。

庭ばかり見て歩いていた竹雪は、うっかり気づくのが遅れ、案内人が控えている前まで来て初めて前方の人影に気がついた。

ひとつ先の柱に凭れて、ピンタックで装飾された真っ白いシャツをインに着て、上から黒地に金糸で豪奢《ごうしゃ》な縫い取りを施した長袖のアラブ衣装を重ねた背の高い男が、横顔を見せている。彼も中庭の風景を眺めているのだ。腕組みした姿には、近寄りがたい高貴さが滲み出ていた。頭には光沢のある白い布を被っており、その縁にも金のモールを使った飾りが縫いつけられていた。

これがきっとアシフ殿下だ。

竹雪は直感し、畏《おそ》れおおさに狼狽えた。こんな場合、竹雪も廊下の隅に立つべきなのだろうか。動揺したまま突っ立っていると、やがてゆっくりと皇子が振り向いて、竹雪と真正面から顔を合わせた。

――えっ？

皇子の顔を見た途端、竹雪は目を瞠り、ぽかんと口を開いて絶句した。

ザイード？

間違いない。瞳を限界まで見開いて、まじまじと凝視した顔は、昨日まで一緒に砂漠を旅していたザイードだ。

竹雪はあまりの驚きに、まだ夢の続きを見せられているのではないかと疑った。

驚愕して直立不動のまま固まっている竹雪から目を外したザイード、いや、アシフは、廊下の端で腰を折ったまま微動だにせず控えている男に声をかけた。

「ごくろうだった、ハッサン」

「は。失礼いたします、アシフ殿下」

どうやら彼はアシフの命令で竹雪をここまで案内してきたものらしい。務めを果たした後は速やかにその場を立ち去り姿を消した。

その間竹雪は、なおも信じられないものを見る目つきでアシフの端整な顔を見つめていたのだが、周囲から人けがなくなって二人きりになると、急に身の置き場に困った。

「さて、竹雪」

アシフが薄笑いを浮かべながら大股に近づいてくる。青い目は満悦したように細められ、珍しく燕尾服に身を包んだ竹雪の全身を、感心したように見つめていた。

竹雪は動揺して、どこかに逃げ場はないかと救いを求めるように辺りを見回したが、あいにくと広い回廊には隠れられそうな場所はなさそうだった。

「また逃げる算段か?」

すぐ目の前に立ちはだかったアシフから、皮肉を込めて言われる。

「だ、だって……だって、こんなの、狡い」

竹雪はしどろもどろに言い返す。

「騙すなんて卑怯だ」

もう二度と会えないと思い、昨晩は情けなくも泣いてしまい、あろうことか彼を思ってはしたないことまでしたのに。蓋《ふた》を開けてみれば、彼の正体はハンサムで魅力的と評判の、この国の皇子だったのだ。自分の晒した醜態のあれこれに、顔の火照りが治まらない。

「悪かったな、卑怯で」

アシフが耳に心地よい低音ヴォイスで囁き、あっという間に竹雪の体を両腕の中に取り込んで抱き竦めた。

「ザ、ザイード！」

焦るあまり、つい呼び慣れた名前で呼んでしまう。

アシフは「シッ！」と鋭く竹雪の不用意な発言を窘めると、睫毛と睫毛の先が触れ合うくらいにまで顔を近づけてきた。

「その名前はここでは禁句だ」

頭の芯がくらくらするようなセクシーな声に、竹雪はあっけなく気持ちを搦《から》め捕《と》られそうになる。膝は今にも崩れてしまいそうだ。アシフにしっかりと腰を抱かれているので、かろうじて彼に支えられて立っているような具合だった。

「昨晩は泣いただろう？」

「そんなこと、あるわけないでしょ……」

図星を指されて動揺しながらも強情に違うと否定する竹雪に、アシフはなにもかもお見通しだと言わんばかりの得意顔をする。

「ならこの瞼の腫れはなんだ。俺にはおまえの顔の些細な変化もわかるんだぞ」

「な、泣いたけど、それはあなたのことを思って泣いたわけじゃない。兄たちに会えてホッとしたから、それで泣いたんだ」

「竹雪。俺は一言だっておまえが俺を思って泣いたんだろうなどとは言ってない。なのにそんなふうに言うとは、自分から白状したようなものだな」

「違う！　僕はあなたなんて嫌いだ」

「嫌いなのに、ずっと一緒にいてもいいなどと言ったのか」

竹雪は矢継ぎ早に言い込められ、頭が混乱してきた。なにがなんだか、もう、わからない。ただわかるのは、竹雪はもう一度彼に会えて、こんなふうに息苦しいほど強く抱き締められて、どうしようもないくらい体と心を高揚させていることだけだ。正直なところを白状するとそうだった。たぶん、アシフもちゃんと承知しているはずだ。こんなにも大きく忙しく波打っている胸に気づいていないわけがない。

「意地悪だ。あなたは僕のことなんて、これっぽっちも歯牙《しが》にかけていないくせに。二言目には子供、子供とばかにして、僕を対等に見ようともしない！」

なにひとつアシフに敵うところがなく、手玉に取られてからかわれてばかりの状態に、竹雪は拗ねるのがせいぜいだった。こんなふうだから子供扱いされるのだと理性では理解しているのだが、いかんせん感情が先走ってしまう。

「放してください。こんなところ、誰かに見咎められたらどう言い訳する気？」

「ここにはしばらく誰も来ない。人払いしてある」

アシフは腕を突っ張らせて踠《もが》く竹雪の抵抗を苦もなく封じつつ、落ち着き払って返した。

「竹雪。おまえは駆引きがへただな」

さらっとした調子でそんなふうに言われ、竹雪は屈辱に赤くなった。

「どうせ！」

プイ、と顔を背ける。だが、すぐにザイードに顎を掴まれ引き戻された。同時にぐいっと腰を押しつけられる。アシフの片方の足が、竹雪の足の間に入り込む。

「あっ」

密着した下腹の強張りが、互いの欲情をあからさまにした。

恥ずかしさに竹雪は耳まで染めて俯く。

「俺が『砂漠の鷹』だということを誰にも喋らないと誓うんだ。その代わり、俺に自分が今一番望んでいることをさせればいい」

耳元に熱い息がかかる。竹雪はザイードの唆《そそのか》しと誘惑に眩暈《めまい》を感じた。

「でも、でも……」

喉まで出かけている言葉を、竹雪はどうしても口にできず、焦れったさに泣きそうになった。ここまでアシフがお膳立てしてくれているのに、「抱いて」の一言が言えないのだ。アシフの心が不明瞭なせいである。竹雪が本当に満たして欲しいのは、体ではなく精神の方だからだ。しかし、それを言うとアシフは面倒を嫌って竹雪を突き放すかもしれない。竹雪は自分に全然自信が持てなかった。

「竹雪。俺が欲しくてここをこんなに硬くしているんだろう？」

聞かれるまでもなく、欲情した証は隠しようもなかったのだが、竹雪は強情に違うと否定するため、口を開きかけた。そこをすかさずアシフが厚い唇で塞いでくる。

「あ、あっ」

「この強情っ張り！」

いったん押しつけた唇を離し、苛立たしげに竹雪を詰ったアシフは、すぐさまもう一度竹雪の顎を擡《もた》げさせ、強引で激しいくちづけをしかけてきた。

濃密なキスをしているうちにも、官能を刺激された下腹の張り詰めは増す一方だ。竹雪だけでなく、アシフの雄々しく立派なものも、さらに形を克明にしてきていた。

もしかして、アシフも？

竹雪の胸に希望が生まれ、期待に動悸が激しくなった。

「……もう、素直になってもいいだろう？」

濡れた唇を離したアシフが竹雪の横髪を撫で、目尻に浮きかけていた涙を指で払ってくれる。

「愛している。一目惚れしてしまっていたんだ。最初に空港のラウンジで目が合ったときに」

「嘘。そんなの、あんまり僕に都合がよすぎて信じられない」

「だが、事実だ」

アシフは揺るぎのない瞳で竹雪の目を直視し、きっぱりと言ってのけた。

この期に及んでは、竹雪にもすでにアシフの言葉を嘘だと決めつける理由はなかった。それでもまだ食い下がってしまったのは、砂漠で一度拒絶されたことが頭の隅に残っていたからだ。

少しの間黙り込んだ竹雪の表情を見ただけで、アシフは竹雪がなにを悩んでいるのか察したらしい。

「ああ…、あれは」

ふうっと深く、困惑したような溜息をつき、苦笑する。

「あれは俺が卑怯だった。狡かった。おまえが本気で言っているのがわかったから、咄嗟に迷って受けとめきれなかったんだ。少なくとも、ザイードのままではうんと頷くわけにいかない。俺の本当の姿をおまえが知った上で、それでも俺と一緒にいたいと思ってくれたのならともかく、騙したままの仮の姿では、どう返事のしようもなかった」

　アシフはじっと竹雪を見つめる。

「俺に、ついてきてくれるか、竹雪？」

「それは一生という意味？」

「……できれば」

　めったになく躊躇いを含ませた返事をするアシフに、竹雪の心はじわじわと熱くなってきた。アシフの本気がはっきりと確信できたのだ。

　竹雪はあらためて自分からアシフの首に腕を回し、ぎゅっと抱きついた。

「竹雪」

　アシフからも強く抱き返してくる。

「抱いて。抱いて、アシフ」

　太陽は燦々とした光を投げかけていたが、昼間だろうと夜だろうと、この際少しも問題にならなかった。

XII

王宮内は執政のためのパブリックスペースと、国王一家が生活しているプライベートスペースに分かれている。竹雪《たけゆき》が連れていかれたのは、プライベートスペース内でも奥まった場所に位置する世継ぎの君の寝室だ。そこより奥には、国王の寝室と、昔の名残であるハーレムへの通路が設けられているだけらしい。ハーレムが廃止された現在、そちら側の建物は離宮と称して一般に公開されているそうだ。ムハンマド三世のポリシーは、『国民と共にある王室』だ。アシフ皇子もその考えに賛成している。

アシフのベッドは幾重にも天蓋に取り囲まれた豪奢なものだ。大人五人が並んで寝ても十分な大きさには目を瞠るほかない。

そんなベッドの上で、全裸にした竹雪を組み敷いたアシフは誓った。

「愛するのは生涯おまえだけだ」

竹雪は恥ずかしさと嬉しさで、どんな顔をすればいいかもわからない。戸惑って睫毛を瞬かせるばかりだ。

「幸いにも俺には兄弟姉妹が六人いる。残念ながら女性には権利が認められていないのだが、二人の弟たちは父の血を継ぐ立派な後継者候補だ。俺が子供をつくらなくても、王家の血が絶える心配はない。おまえは決してよけいな気を揉むな」

「わかった、アシフ」

先々のことまで考えた上で竹雪との関係を築いていこうとしているアシフの気持ちに、嘘偽りがないことが肌を通して伝わってきた。

優しい仕草で顔中を撫でられ、竹雪は満ち足りた吐息をつく。

「竹雪」

アシフの唇が降りてきて、竹雪の閉じた唇の上にそっと重なった。柔らかな感触を受けて体に甘い痺れが走り、あえかな声が洩れた。アシフとキスするのは好きだ。とてつもなく気持ちがいい。竹雪はうっとりとキスに酔った。

小気味よい音をたて、何回も唇を接合させる。啄《ついば》むだけの可愛いキスをしているだけで竹雪の頬は上気してきた。

「ん……ん、あっ」

どんどん体が奥から熱くなる。

素足を大胆に絡ませ合い、痛いくらい張り詰めた下腹をアシフの腹に擦りつける。引き締まった筋肉で覆われたアシフの腹部が、竹雪の先端から溢れた雫で少し濡れた。

「悪いやつだ」

唇を離したアシフが竹雪を愛しげに詰る。

竹雪はアシフの肩に顔を埋め、羞恥をやり過ごした。

アシフの指が竹雪のうなじを辿り下り、肩から鎖骨、そして左右の乳首へと流れていく。

乳首はすでにつんと尖っていた。アシフは右側のそれを摘み上げ、指の腹で擦り合わせて刺激する。左の方は唇に挟んで吸い上げた。

「いや、あっ、ああ」

刺激の強さに竹雪は顔を仰《の》け反《ぞ》らせ、筋肉が逞しく盛り上がったアシフの二の腕に指を縋らせた。胸を弄られると、全身が電気を通されたようにビリリと痺れ、じっとしていられなくなる。

腰を跳ね上げ、足の指を突っ張らせ、自分でも信じられないような艶めかしい声が出た。

「ああ、んっ……いや、いやっ、あ」

他人と肌を合わせるのは初めてではないが、同性に抱かれて乳首を弄られたことはない。胸がこんなに感じるなど知らなかった。経験の浅い竹雪に比べると、アシフは遙かに性の技巧に長けており、竹雪を容易《たやす》く翻弄した。

「あ、あんまり弄らないで…っ、へんになる」

「へんになれ」

アシフは竹雪の切羽詰まった哀願を、愛情に満ちた冷淡さで切って捨てた。

「俺は乱れるおまえが見たい」

きゅううっと、ひときわきつく吸引される。

「あああっ！」

竹雪はあられもない悲鳴を放ち、ぐうっと顎を突き出して仰け反った。

さんざん指と口で苛められた乳首は、赤く充血し、倍近くに膨らんでいる。アシフはそれをさらに舌で弾いたり突いたり舐《ねぶ》ったりして弄び、竹雪を噎《むせ》び泣かせた。

どんなにされても募るのは好きだという気持ちばかりだ。

竹雪は自分が狂気に侵されているのではないかと不安になった。こんなに誰かを愛しく感じ、全身で求めたことはない。

「ああ、アシフ。アシフ！」

キスをして、とねだると、アシフは貪るように竹雪の口に襲いかかってきた。

唇の隙間をこじ開け、舌をねじ込んでくる。

「うう、っ、……ふ」

狭い口の中を縦横無尽に暴れる舌に翻弄され、竹雪は呻き声を洩らした。

舌と舌とを絡ませ、互いに吸い合う。

淫靡《いんび》な快感が背筋を駆け抜けた。腰の奥から突き上げるようにして湧いてきた法悦に、頭がくらくらとする。屹立したままの茎の先端は濡れそぼち、淫らな雫を滴らせていた。アシフの立派なものも、熱く脈打っている。

濃密なキスに夢中になっていた竹雪の手を、アシフが股間に導く。

「……あ」

握らされて、竹雪は思わず息を呑んだ。

大きい。おまけに、ガチガチに硬くて、まるで凶器のようだ。

「これがおまえの中に入る」

アシフがぞくぞくする色気のある声で囁いた。

竹雪は恐れと戸惑いに顎を震わせ、無理だ、と口にしかけたが、濡れた唇を再びアシフに塞がれて、言葉にできなかった。

「怖がらなくていい」

竹雪の体をぎゅっと抱き締め、アシフは続けた。

「愛してる。おまえとこんなふうに抱き合えて、幸せすぎて死にそうだ。少しずつ俺に慣れさせて、最後はきっとよすぎて泣くようにしてやる。おまえは俺のものだ、竹雪」

傲慢なまでに自信たっぷりの発言に、竹雪の胸は騒いだ。他の人間に言われたならばムッとしたかもしれないが、アシフなら許せる。いや、許せるというより、この方が自然でしっくりとくる。アシフにはそれくらい鮮烈で揺るぎない魅力が備わっていた。王者の風格と威厳と言ってもいい。

アシフは引き続き竹雪の至るところにくちづけの雨を降らせながら、徐々に竹雪の下腹に頭がいくように体をずらしていった。

「もっと足を開け」

恥じて閉じかけた太股を大きく割り裂かれる。

「あ、アシフ……っ」

竹雪が狼狽した声を上げてもアシフは一顧だにしない。竹雪の体は産毛の一本一本まですべて自分のもの。だから恥ずかしがる必要はない——そんな感じだ。

開いた足の間に身を横たえたアシフは、中心に息づく屹立を手と口で愛撫し始めた。根本まで深く含み込み、舌で舐め回す。先端の括れや小さな穴は特に丹念に舌先で擽《くすぐ》られ、未熟な竹雪は間断なく喘がされ、はしたなく腰をくねらせてシーツの上でのたうち回った。

「ああ、あ、あ、あっ。いや、いやっ」

快感の波が押し寄せる。

竹雪は惑乱したように頭を振り、腰を淫らに蠢《うごめ》かす。

「ひっ、……や、いや！」

押し寄せては引き、寄せては返す波のように甘美な悦楽は、竹雪に天国と地獄を同時に味わわせた。

「もうだめ、もう、許して……あああ」

一段と激しい快感に攫われ、竹雪はシーツに爪先を立たせ、全身を強く突っ張らせた。

「あああああっ！」

目の前が真っ白になり、すべての光景が消し飛ぶ。

竹雪は甲高い悲鳴を上げ、堪えきれずアシフの喉に淫液を迸《ほとばし》らせた。アシフは躊躇いもせず放たれたものを嚥下すると、さらに竹雪のものにくまなく舌を這わせ、小穴の奥の残滓まで綺麗に舐め取った。

「ばか……やめて。お願い、アシフ」

あまりの羞恥に竹雪は啜り泣いた。こんな醜態を晒すはめになるとは思わなかった。だが、アシフはまったく頓着せず、体を伸ばして竹雪を抱くと、宥めるように髪に指を絡ませたり肩にくちづけたりする。

「泣き虫め」

「ばかっ！」

竹雪はなりふり構わずアシフの胸板を拳で叩いた。

アシフはびくともせずに受けとめる。鍛え抜かれた厚い胸は惚れ惚れするほど美しい筋肉で覆われていて、竹雪のささやかなヒステリーになどびくともしない。そのうちあっさり手首を摑み取り、苦もなく指を開かせて、爪の一本一本にキスしていった。すべての動作がスマートで、洗練されている。竹雪もおとなしく気を鎮めるしかなかった。

「綺麗な指だな」

竹雪の手を見つめてアシフがつくづくと言う。声には感嘆の響きがあった。

「この指にはどんな宝石でも似合う」

「僕は宝石なんていらない」

「ではなにが欲しい？」

切り返されて、竹雪はぼわっと顔を赤らめた。

俯いて、そっとアシフの胸に頰を寄せる。

「竹雪」

愛しくてたまらなそうにアシフが竹雪の名を口にした。

肩を抱き、後頭部を平手で撫でる。

「……俺は本気だ」

「僕だって」

竹雪も負けずに言い返す。

「だが、おまえはいずれ帰国するのだろう？」

「でもまたすぐに戻ってくる」

頭を撫でていたアシフの手が止まる。

アシフには竹雪の発言が予想外だったようだ。

竹雪は顔を上げ、しっかりとアシフの青い瞳を見つめた。

「両親を説得したら、必ず戻ってくる。だからアシフ」

どうかそれまで僕を忘れずに待っていて。竹雪はあえて言葉にはせず、真摯な瞳でアシフの心に訴えかけた。

「竹雪」

アシフが感動したように声を上擦らせた。

「もしおまえが許すなら、俺もご両親に会い、おまえを俺に預けてくれと頼みたい。それはだめか？」

「だめじゃない、けど」

竹雪はどぎまぎした。

願ってもない申し出だが、仮にも一国の皇子にそんなことをさせていいのだろうか。両親は驚き、パニックになるかもしれない。まさか、息子をもらいに異国から皇子が自らやってくるとは、想像もしていないはずだ。だが確実に、竹雪が一人で説得するより、効果は期待できる。

「……本気？」

「ああ。もちろん本気だ」

今度は竹雪が喉を上下させて決意を固める番だった。

「じゃあ、一緒に来て」

本音を言うと、竹雪はもう一時でもアシフと離れていたくなかった。両親の説得よりなにより、むしろずっとアシフが一緒にいてくれることの方が嬉しい。

竹雪がアシフにぴったりと体をくっつけていくと、アシフの股間のものが力強く揺れ動き、竹雪の下腹に当たった。

これが欲しいと強烈な欲望が込み上げてくる。

「アシフ」

竹雪は躊躇いを捨て、雄々しく屹立した太くて長いものを手で摑み、握り込む。しっかりと芯の通った器官は、脈動する生の証だ。アシフの一部だと思ったら、愛しくてたまらなくなる。さっき竹雪に濃厚な愛撫を与え、迸りまで受けとめてくれたアシフの気持ちが、まざまざと理解できた。竹雪も同じようにしてアシフに快感を味わわせたい。

竹雪がアシフの屹立に拙《つたな》い愛戯を加えている間、アシフは竹雪の腰の奥に潤滑液で濡らした指を忍ばせ、きつく窄《すぼ》んだ襞《ひだ》を慎重に解した。

引き伸ばした襞の一本一本にたっぷりと潤いを与え、未経験の秘部を怯えさせないように少しずつ外側から開かせていく。最初は人差し指の第一関節まで。決して無理をさせず、焦ることなく、丁寧に異物を含ませて抜き差しする感触に馴染ませていく。

アシフはたいそう辛抱強かった。愛情を込めて扱われているのが伝わってくる。

竹雪は羞恥と痛みに堪え、精一杯アシフのする行為に緊張を解いて身を委ねた。

やがて、人差し指が付け根まで穿《うが》たれる。

「あああっ、……う」

体内に含み込まされた指を感じ、竹雪は低く呻いた。

そろそろと指が動かされる。

「あ、あっ。だめ、まだ……あっ」

「大丈夫だ。体に力を入れるな」

アシフの声は僅かに興奮を帯びていた。指の代わりに自分のものを挿入し、思う存分中で掻き回したい欲情を鎮めるのに必死のようだ。竹雪はぞくっと身震いした。あの大きなものが、この指一本受け入れるのもやっとの狭い筒の中に入り込むのだと想像すると、恐怖を感じずにはいられない。しかし、怖さばかりではなく、そうやって本当にひとつになれるのだという人体への驚きと期待もあって、体の芯が甘く痺れるのも事実だった。

指がゆっくり抜き差しされるたび、湿った音が耳朶を打つ。竹雪は淫猥さに唇を噛み、目元まで火照らせた。膝から折って立てた太股が震える。繊細な内側の粘膜を擦られる異様な感触と、そこから生じる明らかな快感がごちゃ混ぜになって、竹雪は喘いだり呻いたりしながら堪えた。アシフの指は思いやり深く、竹雪に不安を抱かせない。だから竹雪は初めての経験を精一杯素直に、積極的に受け入れた。

筒を穿っていた指がいったん抜かれる。

ホッとして乱れた息を整えたのも束の間。

「俯《うつぶ》せになってみろ」

竹雪はアシフに促され、言われた通りにした。

ベッドの上には様々な形のクッションがいくつも投げ出されている。アシフはそのうち、手を伸ばせば届くところにある筒状のものを取った。

「腰を上げるんだ」

なにをされるのかよくわからぬまま竹雪が腰を浮かすと、アシフは手にしたクッションをそこに押し込んだ。そのため腰だけ掲げたままという、恥ずかしい姿になる。竹雪は羞恥に身を起こしかけたが、アシフに肩を押し戻されてしまった。

アシフは竹雪を宥めとろかすように、背中の至るところに唇を押し当て、キスをした。アシフのキスは竹雪を気持ちよくし、ぼうっとさせる。

「いい子だ」

お尻の膨らみにキスされた。

「愛してる」

もう片方にもだ。

竹雪はほうっと満ち足りた吐息をつき、目を閉じる。アシフの唇と指だけ感じていればいい。他はもうなにも考えるまいと決めた。アシフにならばどんな屈辱を受けても堪えられる。大好き、愛してる、と胸中で何度も繰り返した。出会ったときの印象はあんなにも悪かったのに、いったいこの心境の変化の激しさはどうだろう。自分でも本当に不思議だ。砂漠での五日間が竹雪に及ぼした影響は甚大だったらしい。

俯せで腰だけ上げたあられもない姿で、さらに太股を広げさせられた。

さっきまで指で弄り回されていた秘部に空気が触れる。潤滑剤で濡れた妖しい襞がひくひくと動く様は、強烈に淫靡な眺めに違いない。竹雪は自分の体の淫らさを意識し、シーツに顔を埋《うず》めた。どうか、みっともない姿をじっと見ないで。そう懇願しそうになる。

「恥じることはない。おまえはどこもかしこも綺麗だ、竹雪」

竹雪の祈るような気持ちに反し、アシフは心を籠めた声で囁く。

「……嘘だ」

「嘘などつかない。薄い桜色で、早く俺を食い締めたいと、物欲しそうに喘いでいる」

「やめて！　言わないで！」

竹雪は耳を塞いで首を振る。

意地悪なアシフは、わざとこんなふうに恥ずかしい言葉を使って竹雪を困らせようとしているのだ。わかっていても、いちいち彼が期待した通りの反応をしてしまう。だいたい、初《うぶ》な竹雪が経験豊富そうなアシフに敵うはずもなかった。

アシフの指が剝き出しになった窄まりを押し広げ、狭い筒の中に入り込んでくる。

「あ、あ、……あっ」

「楽にしているんだ」

言われなくてもそうしたい。竹雪は一度深く息を吸い込み、吐き出した。

息を吐くとき、体から力が抜ける。

そこを見計らい、アシフは人差し指に続けて中指まで押し込んできた。潤滑剤でぐっしょり濡れた指が、ただでさえぎちぎちに埋まっていた筒をさらに広げ、奥まで進んでくる。竹雪は苦しさに肩を起こして顔を上げ、悲鳴を放った。

「やめて、嫌だ。きつい！」

「すぐに慣れる」

アシフはさらりとかわし、言葉の冷たさを払拭するように、優しい手つきで汗ばんだ背や肩、髪を撫でる。

「俺はこんなものじゃない。指二本で音を上げられては、いつまで経ってもおまえとひとつになれない。我慢しろ」

ひとつになって抱き合いたい気持ちは竹雪も同じだ。

アシフのすべてが欲しい。

竹雪は必死で体の力を緩め、受け入れることに専念した。

二本の指が筒を広げ、柔らかくするように動く。

「ああ、あ、あっ。……あ、そこ……！」

奥まったところに、脳髄を貫くような快感を受ける場所がある。そこに指が触れるたび、竹雪は息を荒げて嬌声を上げた。

「いっ、あ、あああ」

「気持ちいいだろう?」

「だめ、……そんなにしたら、あああっ、あ」

指の腹で押されたり叩かれたりすると、竹雪は堪えきれずにはしたない叫び声を出し、眩暈がするような快感に頭を痺れさせた。

「竹雪」

ずるっと二本纏めて指が引き抜かれる。

アシフが背中に覆い被さってきた。

指の代わりに硬くて太い先端が押しつけられたかと思うと、「息を詰めるな」という忠告と同時に、待ち望んでいたアシフ自身が襞を掻き分けて進んできた。

「あああああっ!」

指とはまるで違う。

ズンとした重みと熱をともなった太くて硬い竿《さお》が、容赦なく奥へ奥へと入り込み、竹雪に悲鳴と嬌声を上げさせた。

ひどく擦られた粘膜が熱い。

それでも痛みばかりではなかったのは、アシフが丹念に中を濡らし、解しておいてくれたから

に違いない。

「あ、アシフ。アシフ！」

竹雪が泣きながら呼ぶと、アシフが竹雪の横顔に、数えていられないほどたくさんのキスを落としてくれた。

「全部入ったぞ」

少し掠れたセクシーな声。

「ああ、……ああ、感じる、アシフ」

竹雪は確かに自分の中に収まったアシフを感じていた。

感動に胸が打ち震える。

愛してる。ずっと傍にいる。

——もう離れて生きてはいられない。

こんなに劇的な恋に堕ちるなど、想像したこともなかった。

カッシナに来て一週間と少し。気まぐれから思い立った旅が、竹雪の人生を百八十度変えたのだ。アシフと出会い、反発を繰り返した後、磁石の対極同士がくっつき合うように引かれて離れられなくなった。

「少しだけ動いてもいいか。俺も……もう堪えきれない。おまえの中でいきたい」

アシフの声にもすでに余裕がない。

竹雪は頷いて、身を委ねた。

筒の中を立派すぎる雄芯が動く。

「あああ、ああ、あっ」

激しい快感に竹雪はなにがなんだかわからなくなってきた。

「竹雪。竹雪」

アシフの流す汗が肩や背に降り落ちてくる。

穿たれた部分は火が燃えさかっているように熱い。

アシフが低く呻き声を洩らした。

――ああ、アシフの生の証が体の奥に流れ込んでくる。

竹雪はそう感じ、たとえようもない至福に浸りながら、抱き締めてきたアシフの腕の中で目を閉じた。

POSTSCRIPT

HARUHI TONO

貴族シリーズ第6弾、今回も無事にお届けできましてホッとしています。お手に取っていただいた皆さま、どうもありがとうございます。少しでもお楽しみいただけましたでしょうか?

今回は貴族というだけではなく、砂漠というテーマも加えてみました。砂漠ものは初めてです。設定だけ中東が関係している主人公は前にも(他社さんで)いましたが、これはお話の舞台そのものが中東です。王宮やハーレムといったアイテムがてんこ盛りの華やかな雰囲気にはいまいちなっておりませんが、主人公たちがよく動いてくれて、作者としても楽しみながら書かせていただきました。

久しぶりの王道派攻様と、めったに書かな

HARUHI`s Secret Liblary URL　http://www.t-haruhi.com/
HARUHI`s Secret Liblary：遠野春日公式サイト

い跳ねっ返りタイプの受様の組み合わせは、実に新鮮でした。ちょっと病みつきになりそうです。

イラストの蓮川愛先生とは、SHYではこのたび初めて組ませていただきました。大変ご多忙の中、素敵なイラストを本当にありがとうございました。ここのところご迷惑のかけっぱなしで申し訳ありません。

さて。ここでひとつお知らせがあります。

実はこの「貴族と熱砂の皇子」、8月にインターコミュニケーションズさまからドラマCDを出していただくことになっております。二ヶ月先になりますが、よろしければぜひ今度は音の世界で竹雪やザイードのドラマを堪能していただければと思います。わたしも楽しみで、今からわくわくしております。どうぞよろしくお願いします。

次回SHYノベルズは、秋頃にお目にかかれる予定です。貴族シリーズ第7弾になります。この「熱砂」は、正直なところ貴族としての必然性のちょい薄いお話になってしまいましたが、次はまた貴族を前面に押し出したお話を考えております。ぜひ読んでやっていただければ幸いです。

文末になりましたが、この本の制作に関わっていただきましたスタッフの方々にお礼申し上げます。

それでは、あとがきにまでお付き合いいただき、どうもありがとうございました。

遠野春日拝

貴族と熱砂の皇子

SHY NOVELS104

遠野春日 著

HARUHI TONO

ファンレターの宛先
〒102-0073 東京都千代田区九段北4-3-10トリビル2F
大洋図書市ヶ谷編集局第二編集局SHY NOVELS
「遠野春日先生」「蓮川 愛先生」係
皆様のお便りをお待ちしております。

初版第一刷2004年6月17日

発行者　山田章博
発行所　株式会社大洋図書
〒162-8614 東京都新宿区天神町66-14-2大洋ビル
電話03-5228-2881(代表)
〒102-0073 東京都千代田区九段北4-3-10トリビル2F
電話03-3556-1352(編集)
イラスト　蓮川 愛
デザイン　Plumage Design Office
カラー印刷　小宮山印刷株式会社
本文印刷　三共グラフィック株式会社
製本　株式会社安藤製本

ISBN4-8130-1023-7

遠野春日

貴族シリーズ
The series of Noble's love.

恋愛は貴族のたしなみ

画・夢花李

強引なのが好きだろう？

「男に囲われている没落貴族にどんな期待もしない」あるパーティーで久我伯爵家の御曹司・馨はかつて秘かに惹かれていた守脇侯爵家の威彦と再会する。家柄、人望、財力、容姿、全てを持つ威彦は傲慢な男だった。威彦のライバル・恭弘に守られるように立つ馨に威彦は冷たい視線を向けた…優雅で残酷、貴族たちの華麗なる恋愛遊戯ついに登場!!

香港貴族に愛されて

画・高橋 悠

これは罠か？ それとも愛か？

旅の経由地として香港を訪れた真己は、そこでかつての恋人アレックスと再会する。あの頃、真己にとってはアレックスがすべてだった。だが、アレックスにとって自分がただの遊び相手だと知ったとき、真己は黙ったままアレックスの前から姿を消した。あれから数年、再会に真己の心は揺れた。一方、アレックスは固く心に決めていた。今度こそ、逃がさない、と！

SHY NOVELS
好評発売中

遠野春日

貴族シリーズ
The series of Noble's love.

愛される貴族の花嫁

画・あさとえいり

まさか、男の僕に身代わりになって結婚しろというのですか!?

双子の妹である桃子の死が確認された日、一葉は妹の婚約者である滋野井伯爵家の嗣子・奏から、身代わり結婚を申し込まれた。僕は男です、そう言って断りたかったが、家のため、一葉は桃子として嫁がざるをえなかった…男の身でありながら女として扱われる屈辱感。愛する人がいながら一葉を抱き続ける奏。快楽に溺れていく身体。一葉はは次第に自分の気持ちがわからなくなり…!?

秘密は白薔薇の下に

画・夢花李

恋してはいけないとわかっていたのに…

世界有数の富豪の跡取りであるジュールは、ある朝、湖のほとりを散歩中に水辺で倒れていた美しい青年・流依を助ける。隣国の大公の庶子である流依は何者かに命を狙われ、その恐怖から声を失っていた。身分を隠し、ジュールの別荘に匿われる流依。惹かれあうふたりだが、ジュールには婚約者がいた…　愛人としての母の悲しみを知っていた流依はジュールから離れる決心をするのだが!?

SHY NOVELS
好評発売中

青い蜜月

うえだ真由　画／如月弘鷹

「晃貴兄さんのこと、ずっと信じていたのに…!?」地方の由緒ある総合病院の一人息子である冴未は、密かに想う人がいた。多忙な両親に代わり、冴未を実の弟のように慈しんでくれる外科医の晃貴だ。だが、冴未は晃貴の手により密室に閉じ込められ、陵辱されてしまい…!?

海までお散歩

月丘くらら　画／山本小鉄子

好きなことは海辺の散歩。嫌いなのは可愛いって言われること。高校生・響は幼なじみの恭一に恋している。ある日、響は恭一からいきなりキスされ、これはチャンス？　と思ったのに可愛かったからって、それだけ!?　幼なじみの恋に初エッチをたっぷりどうぞ♥

ロッカーナンバー69

剛しいら　画／CJ Michalski

高校生の栄輝は可愛い外見を武器に、大人の男を苛めて楽しんでいる。それは、若い牡である自分が老いた牡を屈服させる構図に興奮するからでセックスはただの暴力でしかない。だが、義父に悪戯をしかけた翌日、栄輝は突然現れた男に無理やり犯されてしまい…!?

SHY NOVELS NEWS

近日発売のSHY NOVELS♡

※確実に手にいれたい方は、書店にご予約をお願いいたします。

画・石原理

6月28日発売予定

Love & Trust3

100Love Letters

榎田尤利

書類から盗品まで何でも運ぶ美形の運び屋兄弟、核と天が経営する『坂東速配』に沓澤から新たな依頼が舞い込む。ある人物に毎日1通ずつ、手紙を届けるのだ。それがとんでもないトラブルを引き起こすことに… 恋の糸がもつれにもつれのフルスロットル！ 天と正文、核と沓澤の恋もご注目!?

7月5日発売予定

抱きしめたい

榊 花月

サラリーマンの橘歴也には、高校時代からつきあっている恋人がいる。同僚の上領彰だ。今年で6年になるふたりの関係は恋人同士というより、すでに日常になりつつあった。そんなある日、上領の浮気癖が出てしまい!? 特別書き下ろしつき。著者自選完全版全五冊連続刊行予定、お楽しみに！

Now Drawing

画・高橋 悠